Ernst Röhl

EINIGKEIT UND RECHT VIEL FREIZEIT

Eulenspiegel Verlag

Höchste Zeit, den Mangel an Arbeit
als Wohlstand an Freizeit zu entdecken!

Ulrich Keck, Soziologe

Inhalt

Durch Deutschland muß ein Rock gehn

Leise zieht durch mein Gemüt der Name Angela Merkel. Angela – ein Name wie Musik, engelgleich-himmlisch und doch auch ein stückweit uckermärkisch-irdisch. Gestern noch kämpfte sie als Blauhemd-Mitglied einer FDJ-Kreisleitung mit Kampfauftrag, Agitation und Propaganda gegen das SED-Regime, dann stieg sie – wie vor ihr nur Erich Honecker und Egon Krenz – zum Generalsekretär ihrer Partei auf, morgen schon wird sie Päpstin in Rom sein. Derzeit macht sie Zwischenstation im Berliner Kanzleramt. Toll! Das hat es in der deutschen Geschichte weder vor noch nach Hermann dem Cherusker gegeben: eine weibliche Frau als Kanzlerin für Deutschland!

Dieser unaufhaltsame Aufstieg erfüllt mich mit Stolz; denn ich bin bekennender Feminist und Frauenversteher. Erst gestern versuchte ich mal wieder, mich in das Gefühlsleben der Damenwelt hineinzuversetzen. Beim Blick in den Schrank ist mir auch gleich aufgefallen, daß ich ja gar nichts anzuziehen habe. Ich hab nichts anzuziehn, rief ich, und viel zu wenig Pumps und Sandaletten! Darum begeistert mich noch immer der Umstand, daß mit der Wahl Angela Merkels zur Bundeskanzlerin die Gleichberechtigung der Frau endgültig und unwiderruflich erkämpft worden ist. Die Gleichberechtigung gilt nach den Kriterien des Humanfeminismus dann als erreicht, wenn in höchste Positionen nicht bloß unfähige Männer aufrücken, sondern auch mal eine entsprechend qualifizierte Frau. Möglicherweise hat auch eine

Rolle gespielt, daß sich der Wähler, der ja die Abwechslung liebt, nicht mehr länger von Gerhard Schröder-Köpf verarschen lassen wollte, sondern auch mal von Angela Merkel.

*

Mit dieser Geschichte möchte ich mich bei Frau Dr. Merkel beliebt machen und meinen bescheidenen Beitrag zu dem Legendenkranz leisten, den ein Heer von Biografen unserer Kanzlerin seit langem flicht. Unbeirrt, der zahllosen Neider nicht achtend, geht diese kleine, starke Frau ihren Weg nach ganz oben. Unbeirrt strebt sie dem Ziel entgegen, für das sie lebt und wirkt und kämpft: Für ein Deutschland von gestern noch heute!

Es waren Männer, die ihr Steine in den Weg legten, ihre Namen kennen wir, und Männer wollen bekanntlich immer nur das eine: Sie wollen an den Beinen der Stühle von Kanzlerinnen sägen. Beschämend, daß sich auch Frauen und Damen rege am Kanzlerinnenmobbing beteiligen. Eine zu Recht vergessene Ex-Minipräsidentin aus Kiel etwa traute sich selbst auch zu, „Bundeskanzlerin in Deutschland zu werden". Über den grünen Klee lobte sie, zu Lasten des Vorgängers, die Nachfolgerin: „Merkels Regierungsstil ist weiblicher. Sie handelt leiser, zurückhaltender und ganz ohne Effekthascherei." Vor Tische hörte man's anders von der Tanz-Heidi aus Kiel. „Mit anderen Frauen", süffisierte sie, „trinkt man schon gern mal eine Tasse Kaffee ... Das habe ich mit ihr nicht getan, kann ich mir auch nicht vorstellen."

Ach ja, wenn die Sonne niedrig steht, werfen auch die Zwerge lange Schatten. Angela Merkel verdrängt Feindseligkeiten dieser Art mit der trotzigen Devise: „Wenn Neid und Mißgunst dich umringen, dann denk an Götz von Berlichingen!"

Und sie wird immer beliebter!

Kaum war sie im Kreise ihrer Feinde gewählt, überschlug sich die Presse auch schon mit dicken, fetten Balkenüberschriften wie: „Merkel immer beliebter!" Oder: „Merkel beliebter denn je!" Oder: „Merkel auch über den Wolken beliebt!" Blitzartig schnellten ihre Sympathiewerte in die Höhe, von null auf einhundertfuffzig Prozent in zehn Sekunden!

Aber sie polarisiert auch.

„Ich bin immer für sie gewesen", behauptet mein Nachbar Hackbusch.

„Du?!" Frau Hackbusch fällt aus allen Wolken. „Du warst doch immer so leidenschaftlich gegen sie! Du hast Witze über sie gerissen: Frau Merkel, welchen Beruf hat eigentlich Ihr Friseur?"

„Quatsch, ich war immer für sie! Wenn ich ausnahmsweise mal kurz dagegen gewesen sein sollte, dann dagegen, daß wir gegen sie sind."

„Ich weiß doch, was ich weiß, du warst vollinhaltlich gegen sie."

„Das Gegenteil ist richtig", sagt Hackbusch mit schneidender Stimme. „Ich war immer vollinhaltlich dafür, daß wir konsequent für sie sein sollten!"

Über diesen Hackbusch nur soviel: Er ist eine menschliche Wetterfahne, genauer gesagt, ein Jenachdemer, wenn Sie verstehen, was ich meine. Gewissenlos verbreitet er seit Jahren faustdicke Lügen über unsere Politiker. Speziell auf den Altkanzler Schröder mit seinem dunklen, seidigen, naturbelassen-ungefärbten Echthaar hatte er sich eingeschossen, indem er ihn ständig mit Injurien belegte: Kaschmir-Kanzler, Chefsachen-Kanzler, Basta-Kanzler, Genosse der Bosse, diese Sachen. „Der Schröder", höhnte er, „der hält sich für was Besseres. Am liebsten träumt er, Deutschland wäre ein riesengroßer Hühnerhof mit achtzig Millionen freilaufenden Hennen, die sich allesamt den Arsch aufreißen, um goldene Eier zu legen für die Automobilindustrie, er selbst wäre der stolze Hahn, und die liebe Sonne ginge morgens nur aus dem einzigen Grunde auf, ihn, den telegenen Gerd aus Hannover, krähen zu hören."

Als Angela Merkel mit klingendem Spiel ins Kanzleramt einzog, übernahm sie außer Schröders Tischlampe auch seinen wuchtigen, vier Meter langen, einsdreißig breiten veneziablauen Schreibtisch, ein sperriges Trumm, ein Ungetüm, das beim Ersteinzug mittels Kran in den dritten Stock gehievt werden mußte. Ein gerahmter Kupferstich, das Porträt der russischen Zarin Katharina, steht auf ihrer Schreibtischplatte. Aug' in Auge mit der großen Katharina, geborene Anhalt-Zerbst, und Zwiesprache haltend mit ihr, lenkt Angela Merkel die Geschicke der Deutschen. Zwei Große unter sich. An der Bürowand in ihrem Rücken der „Alte von Rhöndorf", das großformatige Adenauer-Porträt von Oskar Kokoschka aus der Kunstsammlung des Deutschen Bundestags, Inventarnummer 876.

Gern berichten „die Medien" über die Innenausstattung dieses Wahnsinns-Kontors, und was mir nie aufgefallen wäre, Frau Hackbusch fiel es auf: Es fehlt etwas ganz, ganz Wichtiges! Nicht das allerkleinste Porträt Helmut Kohls ist vorhanden. Frau Hackbusch findet das, sagen wir, undankbar, ja, irgendwie ungehörig. „Sie war Helmut Kohls Mädchen", erklärt Frau Hackbusch, „erst hat er sie zur Frau gemacht und dann zur Umweltministerin."

Ich selbst meine auch, daß Frau Dr. Merkel ihrem Gönner das redlich verdiente Plätzchen in ihrem Leben einräumen sollte. Immerhin war er nicht nur der große Geschichtsvollzieher, sondern mit seiner ausgeprägten Gesäßhaftigkeit auch der schwerste Kanzler der Europäischen Gemeinschaft und zugleich Repräsentant des schlanken Staates. Und vor allem war er der größte Versprecher deutscher Zunge. Unvergessen seine Definition: „Entscheidend ist, was hinten raus kommt!" Unerreicht sein analytischer Scharfsinn. „Die Jahrhundertüberschwemmung an der Oder", sagte er, „war für die Menschen im Osten unseres Vaterlandes die größte Katastrophe nach der Vereinigung Deutschlands." Und beim Kampf gegen die tödlichen Landminen, die auf den Schlachtfeldern der Welt herumliegen, mahnte er uns zur Geduld mit den Worten: „Das Problem der Tretminen läßt sich nur Schritt für Schritt lösen."

Ohne die sprachliche Präzision des Uraltkanzlers, seine Nullsätze, Sprechblasen, verbalen Rülpser und rhetorischen Blähungen wäre Angela Merkels Sprache der neuen Ehrlichkeit nicht das geworden, was sie heute ist. Gemeinsam für Deutschland! Deutschlands Chancen nutzen! Mehr Freiheit wagen! Mehr Mut und Menschlichkeit! Mehr kleine Schritte in die richtige Richtung! Vorfahrt für Arbeit! Zukunft für Familien! Vorfahrt für Familien! Zukunft für Arbeit! Arbeit für Familien! Vorfahrt für Zukunft! Zukunft für Vorfahrt! Nach Klartext dieser Art lechzt die alleinerziehende Mutter ebenso wie der final verarmte Hartzi, der sich beklommen fragt: „Gibt es eigentlich auch im politischen Bereich einen Zusammenhang von Sprache und Denken?"

Wegweisende Infos dieser Güte braucht der mündige Bürger wie das tägliche Brot, um sich bei der nächsten, besten Wahl wieder demokratisch verwählen zu können. Aus gewöhnlich gut informierten Kreisen verlautet, die Kanzlerin hätte schon bei ihrer Zwangspromotion in der DDR für ihre naturwissenschaftliche Doktorarbeit einen klangvollen Titel gewählt: „Wieviel heiße Luft paßt eigentlich in eine Knalltüte?"

„Der Helmut Kohl", räsonniert Frau Hackbusch, „wollte die Zahl der Arbeitslosen halbieren."

„Das wollte der Gerhard Schröder auch", ergänzt Hackbusch.

„Der Gerhard Schröder", sage ich, „wollte im Mißerfolgsfall auf keinen Fall wieder gewählt werden."

„Diesen Herzenswunsch", sagt Hackbusch gehässig, „hat ihm die deutsche Geschichte dann ja auch erfüllt."

Richtig! Seitdem weiß die Kanzlerin, was es auf sich hat mit dem Charme konkreter Einlassungen. „Wenn wir auch nach vier Jahren noch viereinhalb Millionen Arbeitslose haben", sagt sie, „dann ..."

Ja, was dann?

„... dann ist das keine erfolgreiche Politik."

Wer lari sagt, muß auch fari sagen, und, sei hinzugefügt, nachts ist es kälter als draußen. Oder, wie die einschlägige Nürnberger Anstalt formuliert: „Der Beschäftigungsrückgang ist ein wesentlicher Grund für den Anstieg der Arbeitslosigkeit."

Andererseits können in der Politik nun mal nicht alle Probleme gelöst werden, meistens genügt es schon, sie zu zerreden. Immerhin steht Angela Merkel bei uns im Wort. „Ich mache nicht nur leere Versprechungen", sagt sie lächelnd, „ich halte mich auch daran." Speziell aus dieser Bemerkung schließen die Krankenkassen messerscharf, daß die Kanzlerin nicht hundertprozentig gesund ist. Sie leidet, und zwar leidet sie, wie der Arzt formuliert, an oraler Inkontinenz, zu deutsch: Sie kann ihr Wort nicht halten.

Aber so ist das Leben. Manchmal kriegt man mehr, als man zu hoffen wagte. Wir wollten eine Chancelerette, doch wir bekamen Angela Merkel.

Die Kanzlerin privat

Angela Merkel kommt von der Arbeit nach Hause. Prof. Dr. Sauer sitzt am Schreibtisch und arbeitet noch. Er blickt auf und sagt zärtlich: „Schatz, mit der neuen Brille siehst du echt scheiße aus."

Angela Merkel: „Ich hab doch gar keine neue Brille!"

Prof. Dr. Sauer: „Du nicht, aber ich!"

Nur keine falsche Bescheidenheit – nehmt alles!

Zum Volksvertreter hat es bei mir leider nicht gereicht, dennoch lausche ich gern dem geheimnisvollen, knisternden Geräusch, das beim Zählen frischgepreßter Fünfhundert-Euro-Scheine entsteht. Dabei weiß ich: Geld allein macht nicht glücklich, man braucht außerdem noch jede Menge Goldbarren, Juwelen, Immobilien, Aktien und Zertifikate, und die Zukunft liegt sowieso in den Futures.

Deshalb ist es nur recht, wenngleich nicht billig, den teuren Volksvertreter auskömmlich zu entlohnen. Wie der Name des Zitronenfalters, der nur selten Zitronen faltet, bedarf auch das berufliche Profil des Volksvertreters einer näheren Erklärung. Merke: Der Volksvertreter vertritt vor allem eigene Interessen oder Interessen seiner Partei, gelegentlich aber auch das deutsche Volk, wenn dieses unpäßlich oder verhindert ist. Er hat einen beschwerlichen Bildungsweg mit den Stationen Kreißsaal – Hörsaal – Plenarsaal hinter sich, und ihm stehen im Gegensatz zum deutschen Eckrentner bereits ein paar tausend Euro Rente zu, wenn er noch nicht mal aus der Pubertät raus ist. Das Volk kann sich fest darauf verlassen, daß die Renten sinken, seine Vertreter dagegen dürfen sich auf weiter steigende Versorgungsansprüche freuen, für die sie nicht einmal Beiträge entrichten müssen. Das ist angenehm, aber nichts für Volksvertreter mit schwachen Nerven; denn diese müssen übler Nachrede tapfer trotzen.

„Wir haben euch durchschaut, ihr Fatzkes", raunen die Neider, „ihr nennt euch Volksvertreter, seid aber in Wirklichkeit die Trickbetrüger vom Stamme Nimm, und auf den wärmsten Plätzen im Parlament sitzen die Unverfrorensten. Ihr kassiert sogar im Bundestagsshop einen Einkaufsrabatt von zwanzig Prozent! Ihr sucht in der Politik doch bloß euern Vorteil!"

So ein Quatsch! Ihren Vorteil müssen sie nicht mehr suchen, den kennen sie schon lange. Kurz, der erfolgreiche Mandatsträger muß ein so dickes Fell haben, daß er auch ohne Rückgrat bequem zu einer Gesinnung seiner Wahl stehen kann, und zwar direkt im Bundestag, den der Volksmund Reichstag nennt, auch wenn hier angeblich noch keiner reich geworden ist. Wovon denn auch?! Nach Ansicht der Betroffenen, die es am besten wissen, bewegen sich die Diäten von monatlich siebentausend Euro plus steuerfreie Abgeordnetenpauschale von dreitausend Euro plus tausend Euro Aufwandsentschädigung plus Politikerrente von fünftausend Euro nur haarscharf oberhalb der Armutsgrenze, und sie werden ja auch nicht, was wünschenswert wäre, jede Woche erhöht, sondern nur jedes Jahr. Wohl oder übel muß der Volksvertreter deshalb die Erhöhung seiner Diäten in demokratischer Selbstbedienung eigenhändig auf den Weg bringen. Keiner nimmt ihm das ab. Und vor allem darf kein Unterprivilegierter die Diätenerhöhung Diätenerhöhung nennen, die Diäten werden nämlich gar nicht erhöht, sondern nur angepaßt, daher der korrekte Name Diätenanpassung. Und – puh! – was die Damen und Herren Abgeordneten dafür alles leisten müssen!

Gebetsmühlenartig müssen sie Sätze sagen wie: „Eine Stunde länger arbeiten, ohne daß einem etwas genommen wird, ist absolut akzeptabel.“ Oder: „Die Politik kann keine Arbeitsplätze schaffen, sie setzt nur die Rahmenbedingungen.“ Ständig müssen sie freilaufende Lobbyisten abwimmeln, die danach trachten, in ihren Westentaschen möglichst große Geldgeschenke zu versenken.

Ständig müssen sie Mehrwertsteuererhöhungen beschließen, Minusrunden für Rentner und Reformen aller Art. Denn jeder von ihnen ist ein Garant der sozialen Gerechtigkeit. „Die Gerechtigkeit wird siegen“, rufen sie zuversichtlich, „über wen, das kriegen wir später."

Edelstes Ziel ist die zügige Entreicherung der Geringverdiener, die in ihrer sozialen Hängematte sorglos abhängen und heimtückisch den nächsten Mißbrauch aushecken. In einer Orgie der sozialen Gerechtigkeit muß das frisch gehartzte deutsche Volk deshalb stasimäßige Selbstbespitzelungsformulare von sechzehn Seiten Umfang ausfüllen und pikante Fragen beantworten:

Haben Sie und/oder die mit Ihnen im Haushalt lebenden Angehörigen Einnahmen gleich welcher Art, Immobilien wie Gartenlauben, Datschen und Hundehütten, Fahrzeuge wie Tretroller und Bollerwagen, Vermögen wie zum Beispiel neusilberne Teelöffel und Zweitkugelschreiber, Gemälde wie den Mann mit dem Goldhelm, Bücher wie die Gutenberg-Bibel? Gehören vielleicht auch Sie zum erlauchten Kreis der Steuerhinterzieher, die am Fiskus vorbei Billionen Euro in Zürcher und Luxemburger Banktresoren parken ...

Pardon, pardon, Kommando zurück! Letztere Info wird grundsätzlich nicht erfragt, solche Bagatellen aus den Kreisen der Bestverdiener interessieren in Deutschland keine Sau. Geld ist nicht alles. Auch wenn es einen großen Vorsprung hat vor allem, was danach kommt.

Der Hartzi dagegen, der seine dreihundertfünfundvierzig Euro einsacken will, muß natürlich jedes Bratkartoffelverhältnis und jeden einzelnen One-night-stand angeben, auch Prostataleiden und Impotenz, von der Homo-Ehe ganz zu schweigen. Schwangerschaften! Hämorrhoiden! Allergien! Nebeneinkünfte! Und vor allem die Bankverbindung! Es geht um maximale Transparenz. Wer mangels Masse kein Girokonto hat, muß sich das von einem redlichen Banker bescheinigen lassen, und den ohne einen nasenveranlagten Spürhund zu finden, ist gar nicht leicht.

Von Sozialneid geschüttelt, schaut der gläserne Hartzi auf zu seinem Volksvertreter, dessen Nebeneinkünfte ebenso wie die Haupteinkünfte strengster Vertraulichkeit und gnadenlosem Datenschutz unterliegen. Ein sauerländischer Erfolgsvertreter, mit Stirnglatze und von schlanker Gestalt, der bei festlichen Gelegenheiten als Klarinettenvirtuose seine Wähler tirilierend unterhält, ist – nebenbei – Vorsitzender der AXA AG, Aufsichtsratsmitglied der AXA Versicherung AG, Verwaltungsratmitglied der BASF, Beiratsmitglied der Commerzbank, Aufsichtsratmitglied der Deutschen Börse AG, Aufsichtsratmitglied der Interseroh AG, Beiratsmitglied der Wirtschaftsprüfungsgesellschaft Ernst & Young AG undsoweiterundsofortetceterapepe. Und als Volksvertreter setzt er dennoch, wie er bekennt, in einem Fünfundzwanzigstundentag seine ganze Kraft für das ganze deutsche Volk ein. Damit ist er ein klassischer Einzelfall im deutschen Parlament, und zwar der Einzelfall als Massenerscheinung.

Wenn es solche, sagen wir, Zusammenarbeit zum gegenseitigen Vorteil nicht gäbe, heißt es aus dem Arbeitgeberlager, müßte man sie erfinden. Denkbar wäre sogar, daß die Mandatsträger den Plenarsaal des Hohen Hauses künftig im Sportdress betreten, mit modischen, farbfrohen Trikots, in die fleißige Hände die Logos der Sponsoren, Gönner und Auftraggeber eingebatikt haben: den Mercedes-Stern, den Opel-Blitz, das Bayer-Kreuz oder das grüne Band der Sympathie. Um der guten Sache das Gschmäckle zu nehmen, schlage ich vor, die Erfolgreichsten feierlich mit dem Nebenverdienstkreuz am Bande auszeichnen zu lassen.

Noch wichtiger wäre, daß der Deutsche Bundestag im Interesse der Transparenz geheime Nebeneinkünfte unbürokratisch zu Haupteinkommen und die finanziell bescheidenen Diäten von Haupteinkünften zu Nebeneinkommen umwidmete, damit Alarmisten und Miesmacher für immer beschämt verstummen.

Damit entspräche das Parlament dem Sehnen des Volkes, das die Höhe der Nebeneinkünfte seiner Abgeordneten auf Heller und Pfennig und Cent zu erfahren wünscht. Damit wäre auch jede künstliche Aufregung über käufliche SB-Volksvertreter für alle Zeit beendet. Daß sie käuflich sind, weiß doch jedes Kind – wer nimmt die denn schon geschenkt?!

Gestern im Bundestag

Ein Lobbyist mit einschlägigen Interessen spricht einen Abgeordneten mit erstklassigen Verbindungen an: „Heute, mein Lieber, hab ich die Spendierhosen an und würde Ihnen gern ein Auto schenken."

Der Volksvertreter: „Bitte nicht, das wäre Bestechung!"

„Aber, aber, es handelt sich doch nur um einen Mittelklassewagen."

„Dann wäre es eine Beleidigung."

„Und wenn ich Ihnen den Wagen nicht schenke, sondern verkaufe, sagen wir, für einen Euro?"

„Das ginge natürlich. In diesem Fall nehme ich drei Stück!"

Die Ritter der Schwafelrunde

Deutschland auf der Suche. Deutschland sucht den Superstar, und wenn Deutschland keinen Superstar findet, wird eine möglichst dümmliche Grinsebacke kurzerhand dazu ernannt und solange im Fernsehen verwurstet, bis der Arzt kommt, der den Superstar pflichtgemäß in die Klapsmühle einweist. Die deutsche Regierung, die von Volksentscheiden, Bürgerbegehren und basisdemokratischem Schnickschnack nicht viel hält, steht einer

Befragung des Volkes durch „die Medien“ heiter-wohlwollend gegenüber. Um das ganze Ausmaß der PISA-Katastrophe auszuloten, stellen „die Medien“ dem Volke deshalb von Zeit zu Zeit intelligente Fragen: Wie lang ist der Einhundert-Meter-Lauf? Wer schrieb die 9. Sinfonie von Beethoven? In welcher bayerischen Hauptstadt an der Isar findet das Münchner Oktoberfest statt?

Hierzulande, wird gemunkelt, leben vier Millionen Analphabeten. Doch warum eigentlich hängen ausgerechnet diese vier Millionen allesamt in gutgeheizten Redaktionsstuben rum und denken sich schwachsinnige Preisfragen aus? Manchmal ermitteln sie auch Ranglisten der größten Deutschen aller Zeiten. Wer ist größer – Schumi oder Beckenbauer? Karl May oder Karl Marx? Münte oder Fering? Peek oder Cloppenburg? Daimler, Benz oder Chrysler? Aus den Antworten auf diese bohrenden Fragen stellt dann die eine oder andere Fernsehanstalt eine kostbare Billig-Show mit dem Titel „Unsere Besten“ zusammen. Doofologie – jetzt oder nie! Jeder halbwegs vernünftige Mensch macht sich deshalb seit langem schon ernste Sorgen um die Zurechnungsfähigkeit der Beteiligten. Andererseits ist aber auch wieder wahr: Dummheit tut nicht weh, Bildung wird weit überschätzt, und man muß ja nicht alles wissen! Manches kann man sich auch denken.

*

Deutschland auf Dummenfang. Treu und brav zahle ich Monat für Monat meine Fernsehgebühren. Zum Dank dafür nervt mich ein gewisser Herr Jauch mit seiner Verleumdung „Du bist Deutschland!“ Ich entsinne mich nicht, mit Millionären wie Herrn Jauch jemals Schweine gehütet zu haben, und käme meinerseits im Leben nicht auf die Idee, ihn zu duzen. Allerdings könnte er mit dem Satz „Sie sind Deutschland!“ bei mir erst recht nicht punkten. Ich will nicht Deutschland sein, das geht übrigens auch gar nicht, denn ich bin ja schon Papst.

Die tollsten Blabla-Kampagnen hab ich schon erlebt: Hupen für den Frieden! Grillen gegen Sozialabbau! Saufen gegen Rechts! Plüschtierprotest gegen Tiertransporte! Doch all das wird weit übertroffen („getoppt") durch ein flachsinniges Intelligenzdumping wie „Du bist Deutschland!" Mein Klempner Paule hält einen Deutschen Schäferhund. Ich sage zu dem Hund: „Du, mein vierbeiniger Freund, bist Deutschland! Und du, Paule, du bist auch Deutschland!"

„Nee", sagt Paule, „der Hund meinswejen, ick aba nich! Ick mit meine drei Euro Stundenlohn, ick bin Polen!"

*

Deutschland auf der Suche. Deutschland sucht den deutschesten Patrioten mit der größten schwarz-rot-geilsten Fahne. Deutschland sucht die schönste Bescherung. Deutschland sucht das schönste Wort. Die deutsche Sprache, liebe Deutsche, ist nicht nur die deutscheste, sondern auch die klarste Sprache der Welt. Nehmen wir spaßeshalber die Vokabel Wasser. Der Franzose sagt: l'eau. Kein Deutscher versteht ihn. Der Italiener sagt: l'acqua. Immerhin, das Aquarium läßt grüßen. Der Engländer sagt: the water. Das klingt noch arg mundartlich, doch allmählich kommen wir der Sache näher. Der Deutsche sagt als einziger klar und deutlich: Wasser. Bravo! Daran sollte sich das Ausland ein Beispiel nehmen. Wasser ist das einzig angemessene Wort, zu Wasser gibt es keine Alternative. Denn es handelt sich ja tatsächlich um nichts anderes als Wasser. Insofern ist Wasser zweifellos ein schönes deutsches Wort. Aber! Ist es das schönste?

So gesehen, war es höchste Zeit, daß sich ein paar Leute endlich Klarheit verschafften, und wir sollten dem Deutschen Sprachrat dankbar dafür sein, daß er urbi@orbi zu einem Wettbewerb um das schönste deutsche Wort aufrief. Es gab auch wieder was zu gewinnen. Dem Sieger winkte eine Reise nach Mauritius, dem zweiten Sieger ein Wochenende im Hotel Adlon, in der Hauptstadt Berlin also, wo der Bäcker gelegentlich noch als Schrippenarchitekt auftritt und der Fischverkäufer als Heringsbändiger.

Gewiß kennt jeder Leser schöne deutsche Sätze, auch schöne deutsche Romane kommen vor. Ein schönstes deutsches Wort jedoch, schwant mir, kann es nicht geben, es sei denn das Wort Sprachrat. Noch bevor dieser Sprachrat wußte, wie ihm geschah, hatte die Internet-Chat-Gemeinde schon reagiert:

„Ich finde, Bier ist ein schönes deutsches Wort."

„Pils ist noch schöner."

„Hefeweizen!"

„Wie wär's mit: Noch 'ne Lage!?"

„Ich bin für Freibier!"

All diese schönen Wörter ignoriert die Jury. Mit der selben Ignoranz schmettert sie Vorschläge ab wie zum Beispiel Hundekacke, Vorhautverengung, Determinativkompositum, Solooboist, Kaffeefahrt, Hosenstall, Schienenersatzverkehr, Klofußumpuschelung, Darmspiegelung, Lockenwickler, Harndrang, Herrengedeck, oder Rinderkennzeichnungs- und Rinderetikettierungsüberwachungsaufgabenübertragungsgesetz. Bei mehr als 20000 Einsendungen deutscher Wortklauber hat die Jury des Deutschen Sprachrats die Qual der Wahl. Entsprechend sensationell fällt das Urteil aus. Im Top-Five-Ranking kommt die Vokabel Rhabarbermarmelade nur auf Platz fünf. The winner is: Habseligkeiten!!! Applaus, Applaus, Applaus …

Habseligkeiten?

Habseligkeiten!

In dürren Lettern säuselt der Wind.

Der Jury ist bewußt, daß Habseligkeiten nicht schöner oder häßlicher sind als Rhabarbermarmelade, sieht sich aber durch die entzückende Begründung der Einsenderin zu ihrer Entscheidung gedrängt. Diese Entzücklika lautet: „Die erste Silbe des Wortes Habseligkeiten erscheint mir erdschwer und materialistisch, der Rest jedoch sucht Seligkeit, ist voller Sehnsucht und folglich ein sehr deutsches Wort."

*

Mit dieser Definition hat sich die Einsenderin nicht nur für Mauritius qualifiziert, sondern auch für den Bundestag und jede Laber-Show der Jauch-Christiansen-Liga. Hier geht es um flächendeckende und nachhaltige Verdummung des deutschen Volkes, darum hagelt es schönste deutsche Wörter nur so: Kompetenzteam, Nachhaltigkeit, Nullrunde, Mitnahmementalität, Alleinstellungsmerkmal, Beitragsbemessungsgrenze, Armutsgewöhnungszuschlag, Zahnersatzzusatzversicherungsleistung, Glaubwürdigkeitslücke, Rentenversicherungsnachhaltigkeitsgesetz mit Niveausicherungsklausel, Synergieeffekte, Sozialverträglichkeit, Paradigmenwechsel und, daraus folgend, Sätze, die Peter Hahne und Peter Sloterdijk nicht schöner ersinnen könnten: „Wir fokussieren unseren Paradigmenwechsel auf sozialverträgliche Synergieeffekte."

Mit besorgter Miene debattieren hochbezahlte, an Verbaldiarrhöe krankende Palaverprofis Niedriglöhne für Ein-Euro-Jobber. Glaubwürdigkeitsbarone mit der Lizenz zum Flunkern sagen den unaufhaltsamen Weltuntergang für Deutschland voraus, wenn nicht endlich die Lohnnebenkosten („Lohnzusatzkosten") gesenkt werden. Im Auftrag „der Wirtschaft" jagt diese Laber-Party den Geringverdienern soviel Angst ein, daß ihnen jede Lösung recht ist, Hauptsache, das Gequatsche hört auf. Allein schon die Titel der Sendungen zeichnen ein Bild der Hoffnungslosigkeit für den notleidenden Exportweltmeister:

„Armes Deutschland. Bloß verwaltet, nicht gestaltet?"

„Zwischen dunkelrot und tiefschwarz: Wohin steuert Deutschland?"

„Deutschland einig Egoland!"

„Blut, Schweiß und Tränen – was bleibt vom Sozialstaat?"

„Sind wir ein Volk von Sozialschmarotzern?"

Heulen und Zähneklappern überall in „den Medien". Ist die tatsächliche Lage im Land besser als die Stimmung? Ist die gefühlte Stimmung besser als die Lage? Die Zahl der Arbeitsunfälle ist auf ein Rekord-Tief gesunken, die steigende Erwerbslosigkeit hat demnach auch ihre guten Seiten. Hoch im Kurs steht die Jahrhundertidee des Wirtschaftsweisen, Fußballspielers und legendären Bestsellerautors Stefan „Stinkefinger" Effenberg. Effe kennt den Königsweg zur Vollbeschäftigung: „Das Arbeitslosengeld auf ein Minimum kürzen, so daß jeder arbeiten muß, ob er will oder nicht!"

Andererseits gilt aber auch: „Arbeitsplätze schaffen ist kein Ziel an sich." (Ludolf von Wartenberg, Hauptgeschäftsführer beim Bundesverband der Deutschen Industrie). Fixierung auf Arbeitsplätze bedeute im Grunde nichts anderes, als „die Bahn AG zu verpflichten, auf der E-Lok überflüssigerweise Heizer mitfahren zu lassen". Hauptsache, der Bestverdiener schnappt nach Luft unter der süßen Last der Maximalprofite, und der Niedrigverdiener gewöhnt sich an weiter sinkende Niedriglöhne sowie an bestimmte stilistische Eigenheiten des „Arbeitgebers". Dieser kann sich, dem Präzedenzurteil eines deutschen Landesarbeitsgerichts zufolge, aber durchaus nicht alles erlauben: „Der Tritt ins Gesäß einer unterstellten Mitarbeiterin gehört auch dann nicht zur betrieblichen Tätigkeit eines Vorgesetzten, wenn er mit der Absicht der Leistungsförderung geschieht."

*

Dieser schlichte, eingängige Wortlaut schlägt aus der Art insofern, als das erwähnte Landesarbeitsgericht sich deutsch artikuliert und nicht anglo-amerikanisch, wie es Brauch ist bei den deutschen Eliten. Merke: Wer nichts zu sagen hat, drückt dies am besten englisch aus, und ein Politiker, den man nicht versteht, gilt von vornherein als gebildet. In der grimmigen Welt der Reformen empfiehlt es sich sowieso, die Dinge nicht beim Namen zu nennen, sondern beim Decknamen. Die Arbeitsstelle ist out, der Job ist in: Job-Center, Job-Floater, Job-to-Job, Minijob, Ein-Euro-Job, Fulltime-Job, Halftime-Job, Nine-to-Five-Job, Job-aktiv-Gesetz. Das Schöne daran: Aus einem Job fliegt der Arbeiter („Arbeitnehmer") viel achtkantiger raus als aus einer Arbeitsstelle mit Kündigungsschutz.

Dieser Jargon gleicht einerseits einem semantischen Krebsgeschwür, bewahrt andererseits aber die Reichen („die Besserverdienenden") davor, kontraproduktives Mitgefühl mit dem brachliegenden Humankapital zu entwickeln. Längst hat er Metastasen in anderen Branchen hervorgebracht, etwa im Bestattungswesen, das den deutschen Fachbestatter zum Funeral Master stilisiert. Ein Hausmeister, der auf sich hält, darf sich Facility Manager nennen, der Nachtwächter Night Auditor, der Personalchef Human Resources Manager. Die Telekom bietet uns City Call, German Call, Global Call sowie Sunshine- und Moonlight-Tarife. Die Hauptverwaltung der Bahn AG heißt Headquarter, der Zugführer Teamchef, der Wartesaal DB-Lounge. Auf deutschen Bahnhöfen scheißen sich zwangsläufig immer mehr Fahrgäste in die Hosen. Erst wenn es zu spät ist, erklärt ihnen der Info Manager von der Auskunft („Service Point"), daß das deutsche Bahnhofsklo gar nicht mehr Bahnhofsklo heißt, sondern schon lange McClean Point. Broken English spoken perfectly.

„Als ich nach Deutschland kam", erinnert sich der

niederländische Entertainer Rudi Carrell, „sprach ich nur Englisch, aber seit so viele englische Wörter im Deutschen heimisch geworden sind, spreche ich fließend deutsch."

*

Alljährlich ermittelt das Allensbacher Institut für Demoskopie die Sympathiewerte ganzer Berufsgruppen. Schlußlicht der aktuellen Tabelle: „die Politiker". Sieht ganz danach aus, als wären die da oben unten durch. So eine Umfrage aber ist in der verbal existierenden Demokratie kein Grund zur Beunruhigung. Einmal gewählt, immer gewählt, auch wenn die Merkel-Steuer auf 110 Prozent steigen sollte. Für den Wähler von heute gilt, was schon Nietzsche wußte: „Ein Deutscher ist großer Dinge fähig, doch es ist unwahrscheinlich, daß er sie tut." Die Deutschen signalisieren „den Politikern" stattdessen ihre grenzenlose Anhänglichkeit, indem sie bei Fußball-Weltmeisterschaften die Autos mit Millionen schwarz-rot-goldenen Klemmfähnchen schmücken – in Shanghai billig hergestellt im Auftrag des deutschen Vaterlands. Nie war Deutschland schwarz-rot-geiler als heute. „Kein anderes Land", schwärmt die Kanzlerin, „kann so dichte und schöne Fenster bauen!"

Dennoch gibt es noch viel zu tun. „Wir müssen", sagt Horst Köhler, „das Sozialsystem an seine Finanzierbarkeit anpassen. Die Bürger lassen sich immer neue Geschenke machen, darum steigt die Arbeitslosigkeit immer weiter!" Darum also. Köhlerglaube statt Bergpredigt. Nur die Hühner, nicht wir, lachen über solche Weisheiten der dritten Art. Denn so ein Bundespräsident verdient unsere Bewunderung und unseren Respekt, schließlich ersetzt er den Kaiser, den wir mal hatten.

Zwei Nachrichten

Zuerst die schlechte: Papst Benedikt XVI. läßt mitteilen, im Himmel gebe es keinen Sex.

Und nun die gute: Im Himmel gibt es keinen Papst.

Kaisers neue Brille

Kaiser gehört noch längst nicht zum alten Eisen. Aber daß er nicht mehr der Jüngste ist, muß man ihm nicht dauernd unter die Nase reiben, das sagt ihm schon sein Rentnerausweis, und allmählich dämmert ihm, daß er da in ein verdammt gefährliches Alter hineinschliddert.

Mit der Fernbedienung fing es an. Kaiser suchte nach einer Strip-Show auf Kanal drei und landete bei einer Sportsendung auf Kanal neun. Sein Händy ist trendy, nur erweisen sich die Ziffern und Symbole auf den zahllosen Tasten als weit überminiaturisiert, so daß er sie mit bloßem Auge gar nicht mehr erkennt. Ohne Zeit zu verlieren, meldet er sich bei der Deutschen Seniorenliga für einen Händy-Schnupperkursus an, wo er für den doppelten Händypreis fünf Minuten an einem parfümierten Händy schnuppern darf. Das Navigationssystem seines Autos programmiert er eines Tages so geschickt, daß es ihn nicht nach Neustadt/Dosse leitet, wohin er eigentlich will, sondern nach Altenburg, wo kein Mensch ihn erwartet.

So etwas empfindet jeder Mensch als kränkend, Kaiser jedoch in besonderem Maße. Vor Jahrzehnten, bei der Musterung für die Nationale Volksarmee, hatte ein Militärarzt seinem rechten Auge hundertzwanzig Prozent Sehkraft bescheinigt, den Röntgenblick gleichermaßen. Und nun das!

Kaiser sympathisiert mit Marcel Reich-Ranicki und bezeichnet sich selbst augenzwinkernd als Leseratte. Im

Unterschied zu Marcel Reich-Ranicki aber liest er alles, was er liest, mit Stoppuhr. Ausnahmslos mit Stoppuhr. Mit leeren Händen kann er keine einzige Zeile mehr lesen. Zehn Seiten Günter Grass in sieben Minuten, zwölfkommadreivier Sekunden. Zehn Seiten Hermann Kant: acht Minuten, siebenundzwanzigkommanulleins. Sein Harry-Potter-Rekord steht bei fünf Minuten, dreiundzwanzigneunzehn. Den täglichen Leitartikel seiner Zeitung, einen Zweispalter mit viertausend Zeichen, und zwar ohne Leerzeichen, schaffte er in sagenhaften drei Minuten, nulldrei!

Das war einmal. An Bestleistungen ist derzeit gar nicht zu denken. Die Brille vermag die altersbedingte Schwäche seines Augenlichts einfach nicht mehr auszugleichen. Jeder Text erscheint als verschwiemeltes Gekrakel, die Lettern haben ihre scharfen Konturen verloren, der Buchstabe L drängt sich als Doppel-L ins Blickfeld, jede Stele ist als Stelle zur Stelle. Das Wort Käse wird zur Kasse, die Base zur Baisse, die Blase zur Blässe.

Kaiser braucht eine neue Brille.

Aber was für eine? Welche ist die geeignete? Was Gutes muß es sein, soviel steht fest, das Beste, und zwar ohne Rücksicht auf finanzielle Verluste.

Der Brillenberater bei DURCHBLICK-OPTIK, hoch gewachsen, rank und schlank, trägt das Namensschild Heintje Flachmann am Revers. Um eine vertrauensvolle Atmosphäre bemüht, stellt sich Kaiser gleichfalls mit Namen vor und beginnt weit ausholend seine Wünsche zu schildern, kommt damit aber nicht weit.

„Wenn Sie gestatten, lieber Herr Kaiser", fällt Heintje Flachmann ihm ins Wort, „werden wir zunächst einmal unsere Sehstärke auf Herz und Nieren prüfen."

Kaiser stiert durch die wechselnden Gläser des Prüfgestells und nennt gottergeben Buchstaben und Ziffern, bis es Heintje Flachmann endlich reicht: „Alles klaro, ich bin sicher, wir hätten da genau das Richtige für einen anspruchsvollen Leser wie Sie!"

Schwungvoll zieht er eine Schublade auf. „Unser bestes Stück", schwärmt er und hält Kaiser eine geheimnisvoll blinkende Brille unter die Nase. „Die allerneueste Entwicklung im Sehhilfensegment! Doppelt entspiegelte Trifokal-Mehrstärkengläser, die Ihre Fehlsichtigkeit in Ferne und Nähe selbsttätig korrigieren. Eine Lesehilfe mit dem Charme des technischen Fortschritts, mit der können Sie sogar zwischen den Zeilen lesen!"

Skeptisch beäugt Kaiser das, sagen wir, futuristische Brillengestell.

„Möglicherweise ist Ihnen dieses Gestell einen Tick zu lifestylig, darum entscheiden wir uns vielleicht besser für die neue Sachlichkeit?" Herr Flachmann präsentiert eine Schublade mit wenigstens drei Dutzend Brillengestellen. „Bei Ihrer Entscheidung lassen Sie sich bitte Zeit, lieber Herr Kaiser, gerne verwöhnen wir Sie auch mit einem Täßchen Cappuccino oder einem anderen Getränk Ihrer Wahl."

Kaiser entscheidet sich für einen Espresso und einen Cognac, der golden im Schwenker funkelt. Bescheidenheit scheint hier nicht angebracht zu sein; denn die neue Brille ist anscheinend mit dem großen Preis von Deutschland ausgezeichnet worden. Aber wenn sie tatsächlich leistet, was Flachmann verspricht, soll es ihm, Kaiser, nicht drauf ankommen. Immerhin wird diese Brille ein Stück Zuwachs an Lebensqualität sein, und das Beste ist für ihn gerade gut genug, denn er gehört längst noch nicht zum alten Eisen. „Immerhin", erklärt Herr Flachmann, „beinhaltet unsere Nachbetreuung neben regelmäßiger Ultraschallreinigung und Paßformkontrolle auch eine ständige Überprüfung der möglicherweise sich ändernden Sehschärfe, und selbstverständlich übernehmen wir für dieses Spitzenerzeugnis eine weitreichende Verträglichkeitsgarantie."

Als Geschenke des Hauses überreicht Herr Flachmann erstens ein Etui, stoßfest gummiert, Kunstlederbezug und Goldprägung, mit blauer Samtfütterung, und zweitens ein Minibuch, das sich als Sprichwörterbuch entpuppt. Kindermund tut Wahrheit kund, liest Kaiser beim flüchtigen Blättern, und: Wahrheit gibt kurzen Bescheid. Kaisers Welt ist wieder hell und vor allem klar, die neue Brille macht's möglich. Mit ihrer Hilfe wird er noch einmal durchstarten und, wenn alles gut geht, seinen Leitartikelrekord unter die Leistungslesegrenze von drei Minuten drücken.

Vor Augen die Zeitung, die Stoppuhr in der Hand, macht Kaiser sich ungesäumt an den fälligen Rekordversuch. „Runter mit den Niedriglöhnen!" So lautet die befremdliche Überschrift des Leitartikels. Moment mal ... Kaiser stutzt. Da kann doch was nicht stimmen. Eine unverhüllt wirtschaftsterroristische Forderung in seiner so maßvoll liberalen Zeitung?!

Spaßeshalber setzt er die neue Brille ab und die alte Brille noch einmal wieder auf, und, siehe da: Wie von Zauberhand gedruckt, verwandelt sich die Überschrift in eine elegante Headline und lautet nun völlig korrekt: „Optimiert die Lohnzusatzkosten!"

Irritiert und mit wachsender Feindseligkeit betrachtet Kaiser seine neue Sehhilfe. Skandalös, welch negativ-absurde Deutungen sie dem Leitartikel unterschiebt. Das Parlament bezeichnet sie als Zugewinngemeinschaft der Besserverdiener, die soziale Schieflage als himmelschreiende Ungerechtigkeit, das brachliegende Humankapital als Arbeitslosenheer, Belohnungsannahme als Bestechung, nützliche Aufwendungen als Schmiergeld, die berechtigte Sorge der Bevölkerung als Fremdenhaß, Politsponsoring als Korruption, und Eventgaststätten mit erweitertem Dienstleistungsangebot nennt sie schlicht Bordelle, Puffs oder Puffe.

„Wir werden die Arbeitsmarktreformen zu einem

guten Ende bringen!“ Mit diesem frohen Ausblick in die Zukunft rundet der Leitartikler seinen Beitrag ab. Was aber macht die neue Brille daraus? „Keine Sorge, es kommt alles noch viel schlimmer!“

Kaiser ist außer sich. Ist es nicht em-pö-rend, wie diese Brille seine Zeitung gedanklich entstellt?! Das ist ja eine …, eine Höllenmaschine des Wirklichkeitsverlusts ist ja das!

Bei DURCHBLICK-OPTIK ist der Teufel los. Der Chef bedauert persönlich: „Herr Heintje Flachmann ist selbstverständlich nicht mehr für uns tätig.“ Kaisers Problem indes werde unverzüglich einer Lösung zugeführt. „Wissen Sie, Herr Kaiser, in unserem demokratischen Gemeinwesen sind selbstverständlich auch die Brillen der Wahrheit verpflichtet.“ Bei DURCHBLICK-OPTIK jedenfalls werde kein einziges Exemplar dieses Bedenkenträgerlorgnons mehr über den Ladentisch gehen. In Übereinstimmung mit einer Rückrufaktion der Verbraucherzentrale werde die Serie restlos aus dem Verkehr gezogen. Kunde Kaiser habe nunmehr die freie Wahl: entweder Erstattung des Kaufpreises oder Umtausch gegen eine Qualitätssehhilfe, die seinen hohen Ansprüchen maximal gerecht werde, mit zehn Prozent Rabatt übrigens wegen der entstandenen Unannehmlichkeiten.

Kulant, findet Kaiser.

Intelligenzdumping

„Einerseits“, sagt Knösel, „schaffen 10 Prozent der deutschen Schüler am Reck einen Klimmzug, 2 Prozent weniger als im Vorjahr, andererseits beherrschen 90 Prozent aller Schüler den Lungenzug – 2 Prozent mehr als im Vorjahr.“

„Demnach wäre die Ausstattung der Schulen mit

Turngeräten ausreichend", sage ich, „bloß bei den Zigaretten wird's eng."

Das sieht Knösel genauso. „Aus diesem Grund stimmt die Bundesregierung gemeinsam mit den Kettenrauchern des Bundestages jedes Jahr gegen ein Tabak-Werbeverbot, mit dem die Eurokraten aus Brüssel unsere Republik flächendeckend überziehen wollen."

Knösel behauptet, er selbst wäre in diesem Punkt neutral, mir ist jedoch bekannt, daß er in gewöhnlich gut informierten Kreisen als bekennender Nichtraucher gilt, und es ist ja ein offenes Geheimnis, daß speziell die Nichtraucher unsere Tabakindustrie brutal genötigt haben, die Zigarettenschachteln von vorne bis hinten mit Warnungen aus dem Reich des schwarzen Humors zu bedrucken: „Rauchen ist tödlicher als die Polizei erlaubt! Rauchen führt zu Lungenkrebs, Herzinfarkt, Impotenz und Kastrationsängsten!"

Dabei ist Rauchen nicht halb so gefährlich wie die Gesundheitsreform.

78 Prozent der Deutschen sind strikt gegen die Gesundheitsreform, meldet das Hallendach-Institut für Demoskopie. Intrafest-dimap meldet 87 Prozent, Corsa 69 Prozent und Damned 96 Prozent. Das ergibt im Mittel 82,5 Prozent. Zur Strafe erhöhen die Krankenkassen ihre Beiträge um 2,5 und die Pharmaindustrie ihre Medikamentenpreise um die restlichen 80 Prozent. Dazu gibt es keine Alternative; denn, wie das Statistische Bundesamt meldet, sind 58 Prozent der deutschen Männer und 53 Prozent der deutschen Frauen übergewichtig, macht zusammen 111 Prozent.

Überhaupt steht auf dem Wunschzettel der Deutschen die Gesundheit mit 74 Prozent obenan. Es folgen: der Lottogewinn mit 64, der gemütliche Fernsehabend im Kreis der Familie mit 54 und der Weltfrieden mit 44 Prozent. 33 Prozent wollen lieber reich als glücklich sein, 33 Prozent lieber glücklich als reich, 33 Prozent sowohl als auch, 1 Prozent: weiß nicht. 63 Prozent der Deutschen bezeichnen Rechtsradikale als Gefahr für unsere Demokratie, 35 Prozent sehen darin keine Bedrohung. 57 Prozent der Deutschen sprechen sich für die Ausstrahlung von Hardcore-Pornofilmen nach 23 Uhr aus, 23 Prozent der Deutschen für die Ausstrahlung von Hardcore-Pornos vor 57 Uhr.

„Kein Wunder, daß jeder Dritte ein Morgenmuffel ist!" sagt Knösel. „37 Prozent klagen über Beischlafprobleme. Und Katholiken haben öfter Sex als Protestanten. Dies ergab eine Umfrage unter 4000 Haushälterinnen katholischer Pfarrer. Nach einer Umfrage von IKEA schlafen 21 Prozent der Frauen und 99 Prozent der Männer am besten, wenn sie ein Bett für sich ganz allein haben."

Daß gerade IKEA den steigenden Bettenbedarf ermittelt hat, findet Knösel voll witzig, und daß er das witzig findet, wundert mich überhaupt nicht; denn Knösel ist Sachse. Nach einer Umfrage der Zeitschrift „TV Spielfilm" meinen 89 Prozent der befragten Sachsen, sie seien gleich nach Harald Schmidt und Franz Müntefering die mit Abstand lustigsten Bundesbürger, gefolgt von den Thüringern und Hamburgern mit je 79 Prozent, unter ferner liefen: die Hessen und die Bremer (je 50 Prozent). Der letztere Wert deckt sich auffallend mit den Umfrageergebnissen zur Politikverdrossenheit.

50 Prozent der Deutschen sind mit der Bundesregierung unzufrieden. Das gleicht sich dadurch weitgehend wieder aus, daß auch nur 50 Prozent der Bundesregierung mit den Deutschen zufrieden sind. Bei Landtagswahlen sinkt die Quote der Wahlbeteiligung immer öfter unter die ominöse 5-Prozent-Hürde, die Beliebtheit der Kanzlerin dagegen ist auf begeisternde 129 plusminus null Prozentpunkte emporgeschnellt. Das ist beachtlich, wenn man bedenkt, daß selbst der berühmte Nordhäuser Doppelkorn über 38 Prozent einfach nicht hinauskommt.

„Beliebtheit allerdings“, warnt Knösel, „sollte bei der Wahl von Politikern nicht der alleinige Maßstab sein. Käme es auf die Beliebtheit an, hätten Florian Silbereisen, Donald Duck, Verona Pooth und zirka 999 Tatortkommissare längst die Macht ergriffen.“ Wo er recht hat, hat er recht. Nach altem Brauch rangieren auf der deutschen Beliebtheits-Rangliste die Krankenschwestern (95 Prozent), Hebammen (94 Prozent) und Haushaltshilfen (93 Prozent) weit vor den Gebrauchtwagenhändlern (3 Prozent), Staubsaugervertretern (2 Prozent) und Immobilienhaien (0,9 Prozent). Weit abgeschlagen mit minus 0,9 Prozent die Damen und Herren von der Politik.

Dies jedoch ist kein Grund zur Beunruhigung, wie eine aktuelle Erhebung zeigt; denn 98 Prozent der Deutschen sagen mal dies, 99 Prozent sagen mal jenes, während 100 Prozent mal dies und mal jenes sagen. Merke: Wir werden durch die Demoskopie nicht nur immer umfassender informiert, sondern auch immer nebulöser unterrichtet. Insofern können wir die Ergebnisse der Umfrage vernachlässigen, die bundesweit Heulen und Zähneklappern verursachte. Nach dieser Befragung haben 60 Prozent der Deutschen Zukunftsangst, 15 Prozent haben Angst, diese Zukunftsangst zuzugeben, und 25 Prozent hatten Angst allein schon vor der Umfrage.

Ein selten aussagekräftiges Resultat. Für den einen ist es Quatsch, für den andern ist es Unsinn, und die Wahrheit liegt wie immer in der Mitte.

Das konsumistische Manifest

Respekt, lieber Leser, du versuchst gerade, ein Buch zu lesen, Hut ab, so was ist heutzutage selten geworden. Du hockst nicht, wie die andern Jungs von der Unterschicht, vor der Glotze, um bei einem Kasten Bier und drei Tüten Erdnußflips deine Zeit mit Sitcoms, Telenovelas und Laber-Shows totzuschlagen. Du hast die Leselampe eingeschaltet und deine Lesebrille aufgesetzt, du fühlst dich gut, du fühlst dich auserwählt; denn so ein Buch ist nichts für Krethi und Plethi, sondern der Fliegende Teppich ins Reich der Phantasie.

Aber, wenn du gestattest, eine Frage auf Ehre und Gewissen: Hast du das Buch eigentlich aus der eigenen Tasche bezahlt? Oder hast du es vielleicht nur gepumpt, in einer Billig-Bibliothek entliehen oder irgendwo weggefunden und heimlich eingesteckt. Hand aufs Herz! Wir von der Buchbranche sind im Bilde, mein Freund. Wir kennen die Statistik. Wir wissen genau, daß von Jahr zu Jahr mehr Bücher vorsätzlich vergessen werden – in der S-Bahn, in der Sparkasse, sogar auf dem Dixi-Klosett. Wie wild gewordene, von der Globalisierung infizierte Osterhasen, verstreuen sogenannte Bookcrosser auf diese Weise Schmöker, Schwarten und Broschüren über die ganze weite Welt.

Mit Lesen hat das wenig zu tun, es ist mehr so eine scheinintellektuelle Schnitzeljagd. Gleich auf Seite zwei der Fundsache findest du eine Nummer, die auch auf einer Webseite registriert ist. Darum schaltest du deinen Rechner ein, verewigst auf der Webseite deinen werten Namen, und eine halbe Stunde später bist du selbst an der Reihe und mußt, damit der Firlefanz weitergehen kann, das Bändchen auf einer Parkbank verlegen und vergessen, der Nächste bitte! Ein blödes Spiel. Daß du das Buch gar nicht liest, wäre halb so schlimm. Schlimmer ist, daß du kein Geld dafür ausgegeben hast, daß du das Buch gar nicht gekauft hast, käuflich erworben, wie die notleidenden Verleger im stillen gehofft hatten.

Denk doch auch mal ans Große-Ganze, Mann! Geh endlich mal wieder zum Friseur! Wink nicht ab, gegen deine Glatze ist gar nichts zu sagen. Glatze ist männlich, Glatze ist sexy, Glatze ist das beste Mittel gegen Haarausfall. Aber vor allem ist Glatze kein Grund, nicht mehr zum Friseur zu gehen. In Deutschland gibt es zehn Millionen Glatzköppe. Angenommen, die bleiben alle zu Hause ... Schon mal überlegt, was dann aus dem Friseurhandwerk wird?!

Rasieren läßt du dich ja schon lange nicht mehr. Eine ganz ärgerliche Ossi-Macke! Ständig beklagt der Ostler den Umstand, daß er seit der Wende fürs Rasieren viel, viel mehr bezahlen soll als vor der Wende. Wir wissen, warum. Weil seit der Wende die Gesichter im Osten viel, viel länger geworden sind. Auch der nostalgische Westler kokettiert mit den Jahren des schweren Anfangs, bringt dabei aber wenigstens eine positive Lebenseinstellung zum Ausdruck: „Früher hatten wir doch überhaupt nix, kein tätowiertes Arschgeweih, keinen gepiercten Nabel, keinen Gameboy, beim Radfahren keinen Sturzhelm, beim Spaziergang keine Nordic-Walking-Stecken, weder Fax noch Mail noch Internet, keinen Beckmann, keinen Kerner, keinen Gottschalk, keinen Peter Hahne. Wir hatten ja nicht mal Fernsehn! Aber, und das ist das Entscheidende, gekuckt haben wir trotzdem."

Für dich spricht, mein Freund, daß du wenistens immer noch rauchst. Mit dem Slogan „Mehr Freiheit wagen!" kämpft „die Wirtschaft" ihren verzweifelten Kampf gegen die Feinde des Quarzens, und die Nikotin-Lobby sagt uns dreimal täglich, daß Passivrauchen der Volksgesundheit zum Segen gereiche. Wie aber verhalten sich die kleinmütigen Raucher? Mehr als zehn Prozent von ihnen kaufen seit der neuerlichen Tabaksteuererhöhung überhaupt keine Zigaretten, Zigarillos und Zigarren mehr. Damit können sie beim Finanzminister jedoch nicht punkten, auch wenn sie ihre staatsfeindliche Abstinenz mit Lungenkrebs und Raucherbeingefahr zu begründen versuchen.

Briefe versendet auch kaum noch einer, seit die Post ein kostendeckendes Porto von 55 Cent je Brief verlangt.

Stattdessen kommunizieren alle Leute wie sekundäre Analphabeten per SMS gleichsam zum Nulltarif. Ohne Rücksicht auf wirtschaftliche Verluste leben die Deutschen immer länger und werden älter, als für „die Wirtschaft“ gut ist. Das Bestattungsgewerbe meldet einen besorgniserregenden Rückgang beim Absatz von Särgen. Die Sargindustrie trägt Trauer und beklagt den Verfall der Bestattungskultur.

Was ist bloß mit den Deutschen los?! Die deutschen Kunden führen ein Schottendasein. Dabei gaben sie im Kaufrausch einst mehr Kohle aus, als sie verdienten. Neuerdings jedoch neigen sie zu Teamgeiz und Angstsparen und finden Gefallen am Käuferstreik. In der Langen Nacht des Shoppings glänzen sie durch Abwesenheit, und am Kauf-nix-Tag praktizieren sie den Schnäppchenboykott.

Deutschland ist Exportweltmeister. Was schließen wir daraus? Wir schließen daraus, daß wenigstens die im Ausland lebenden Ausländer wissen, worum es geht. Die Binnennachfrage dagegen lahmt auf rätselhafte Weise. Warum? Weshalb? Wieso? Deutschland ist die Heimat von acht Millionen Erwerbslosen, Dunkelziffer inbegriffen. Diese haben von der Nürnberger Anstalt schon lange nichts mehr zu hoffen. Die größten Schlaumeier versuchen neuerdings sogar schon, den Arbeitsmarkt mit basisdemokratischen Annoncen aufzumischen: „Arbeitsuchender, 51 Jahre, Allrounder, bietet Wählerstimme für Arbeitsplatz.“ Ich könnte mir vorstellen, daß die verzweifelten Sozialdemokraten anbeißen; denn die Münte-Beck-SPD leidet unter einem so furchtbaren Mitgliederschwund, daß in vielen Ortsvereinen schon der dritte Mann zum Skat fehlt. Aber wenn die Annonce wirkungslos verpuffen sollte, ist es auch nicht schlimm. Wer am Arbeitsmarkt nicht mehr willkommen ist, kann sich im Shopping Center als Verbraucher immer noch nützlich machen – Öffnungszeiten von null bis vierundzwanzig Uhr, auch wenn die Kaufkraft nicht mal bis halb zwölf reicht.

Dennoch geistert von Zeit zu Zeit die Tatarenmeldung durch die Presse, immer mehr Deutsche wären privat insolvent, genauer gesagt, familiär pleite, und könnten ihre Verbindlichkeiten, zu deutsch, ihre Schulden, nicht mehr bezahlen. Das mag wahr sein. Wahr ist aber auch, daß die Leute sparen, als hinge allein von ihren Spargroschen die lichte Zukunft der Sparkassen ab.

Kurz, Geld ist genug da, ihr müßt es bloß ausgeben. Geld, das nicht ausgegeben wird, hat seinen Beruf verfehlt. Wofür du es ausgibst, mein Freund, das ist deine freie Entscheidung. Vielleicht brauchst du noch ein paar Gerätschaften für ein kulturvolles mitteleuropäisches Frühstück; denn der deutsche Frühstückstisch ist wahrlich kein Ruhmesblatt fürs Vaterland. Betörend duftet er nach ofenfrischen Schrippen, Semmeln, Brötchen, Knüppeln und Hörnchen, doch daß Deutschland die Heimstatt der weltbesten Erfinder ist, sieht man ihm wirklich nicht an.

Noch immer wird die moderne Technik beim Frühstücksprocedere weitgehend ausgeblendet. Unglaubliche Szenen spielen sich ab: Wie Anno Dazumal pocht Mutti mit dem Teelöffel gegen ihr Fünf-Minuten-Ei. Vati dagegen versucht es mit dem Messer und enthauptet sein Ei im Stil eines Scharfrichters. Ist das nicht alles ganz, ganz schrecklich?

Mein eigener Haushalt dagegen ist auf der Höhe der Zeit. Hightech-Highlight am Frühstückstisch ist unser Eierschalensollbruchstellenverursacher. Dieser Eierschalensollbruchstellenverursacher macht noch aus dem popligsten Imbiß das große Weltgericht. Wir entdeckten ihn im Dickicht der Kataloge. Früher lasen wir immerzu bloß Romane – Rosamunde Pilcher, Martin Walser, Dieter Bohlen, diese Sorte. Inzwischen aber lesen wir bloß noch Kataloge und entdecken viele schöne Dinge, die wir bestellen, dann aber nicht achtlos in die Ecke stellen, sondern rekordverdächtig weitwegschmeißen, weil wir sie gar nicht brauchen.

Vollautomatisch verursacht unser Eierschalensollbruchstellenverursacher die gewünschte Eierschalensollbruchstelle. Das barbarische Pellen, Fummeln und Enthaupten des Frühstückseis gehört der Vergangenheit an. Der Eierschalensollbruchstellenverursacher hat nur ganze fünfzehn Euro gekostet, ist aber gut und gern seine dreizehn Euro wert, für den preisbewußten Hartzi also jederzeit erschwinglich. Seit dem Eierschalensollbruchstellenverursachererwerb bestellen wir einfach alles nach Katalog – Sommerkleider und Wintermäntel, Oberhemden und Unterhosen, Slips und Schlipse, Taschentücher und Taschenbücher, schottische Galloway-Salami und bretonische Rohmilchbutter, von Original-Bretonen im original-bretonischen Butterfaß erbuttert, einen Weihnachtsbaumständer mit zwölf Monaten Garantie, einen Aschenbecher für Linkshänder oder einen Präzisionsbleistiftanspitzer für hundertdreißig Euro plus Merkelsteuer, obwohl wir, ehrlich gesagt, Bleistifte weder spitzen noch benutzen, jedenfalls nicht zum Schreiben.

Aber wo, bitte schön, steht denn geschrieben, daß ich, was ich kaufe, auch benutzen muß? Die Freiheit des Käufers besteht ausschließlich darin, daß er kauft. Luxus muß es gar nicht sein, Hauptsache, es ist teuer. Der Verbraucher heißt Verbraucher, weil er verbraucht. „Ein todsicherer Trick, Gottes Wohlwollen zu erwerben", sagt der US-amerikanische Präsident, „besteht darin, möglichst gut und teuer einzukaufen."

Darum Nulltoleranz gegen die neue Anti-Shopping-Pille der Pharmaindustrie. Forscher testen sie derzeit, und es sieht ganz danach aus, als hemmten diese gottverdammten Tabletten nicht nur die Ausschüttung von Glückshormonen, sondern zugleich den unbändigen Drang der Hausfrau zum Shopping. Dies jedoch ist weder im Sinne der Erfinder noch „der Wirtschaft“. Konsumieren, bis der Arzt kommt, so lautet die Parole, shoppen, bis das Konto implodiert!

Der Konsument konsumiert, weil er verantwortlich ist für das Wohl und Wehe der deutschen Industrie. Jeder Tag, an dem du kein Geld ausgibst, ist für den Milliardär ein verlorener Tag. Sinnlose Großeinkäufe dagegen garantieren, daß der Konjunkturmotor vielleicht schon morgen anspringt. Deutsche, kauft deutsche Wagen, helft deutsches Leid gemeinsam tragen!

In diesen schweren Zeiten muß ein jeder mitarbeiten. Keiner ist zu klein, ein Helfer zu sein. Warum putzen wir uns nicht gegenseitig die Nasen oder die Schuhe, um den Dienstleistungssektor in Schwung zu bringen?! Warum strömen wir nicht allesamt in die Kneipen und geben uns gegenseitig einen aus?! Unaufhaltsam sinkt in Deutschland der Bierverbrauch. Die deutschen Kampftrinker aber gehen feige auf Distanz zum Tresen und kucken sich die Katastrophe aus sicherer Entfernung an. Wahrlich, ich sage euch: Das nimmt kein gutes Ende.

Auch der Gast macht sich strafbar!

Stimmen muß es

Das Leben ist so teuer geworden, daß sogar Fußballprofis jede Million zweimal umdrehen müssen. Tante Paula (80) hat im Supermarkt eingekauft und zählt an der Kasse das Wechselgeld. Hinter ihr wartet fiebrig eine ungeduldige Kundenschlange, doch Tante Paula zählt bis zum bitteren Ende aufmerksam, fast mißtrauisch jeden einzelnen Cent.

Die Kassiererin, mit ihren Nerven am Ende, fragt nach: „Na, Oma, stimmt was nicht?“

„Doch, stimmen tut das“, sagt Tante Paula, „aber auch man grade so!“

Die Wölfe vor Dresden

„It's nice to be a Preiß, but it's higher to be a Bayer." So weltläufig schwärmt der Bayer von seiner bayerischen Heimat, „und", ergänzt der sprachsensible Berliner, „schlechtet Englisch ist det beste Deutsch". Ich selbst bin in diesem Konflikt neutral. Ich bin Mecklenburger, und mehr als Mecklenburger, sagt der Mecklenburger, kann der Mensch gar nicht werden. Mecklenburg ist, nüchtern betrachtet, das Heimatland der Kampftrinker. „Warum eigentlich bloß zehn Bier", sagen wir, „wenn auch zwanzig Bier rein gehn?!"

Heimat ist überhaupt eine der rätselhaftesten deutschen Vokabeln, vielleicht sogar, wer weiß, als Vokabel ein heißer Umbenennungskandidat, nachdem der Körper zum Body geworden ist, die Fete zur Party und jeder poplige Verkäufer Key Account Sales Manager. Heimat läßt sich gar nicht so leicht definieren. Jeder versteht etwas anderes darunter. Mir leuchtet am meisten die Definition des Finanzministers ein. „Heimat", sagt der Finanzminister, „ist da, wo du deine Steuern ... hinterziehst."

Für den Ostler kommt erschwerend hinzu, daß er in seinem Herzkämmerlein ein Eckchen für die gute, alte DDR reserviert hat. Auch in mir klingt ein Lied, ein kleines Lied, gesungen von der unvergessenen Bärbel Wachholz: „Dahamals, dahamals, damals war alles so ...", na, Sie wissen schon. Diese herzergreifende Weise ist die richtige background-music für die liebvertrauten Erzeugnisse, die die Regale der Ossi-Kaufhallen blockieren – die Schlagersüßtafel und der Mehrfruchtwein „Kellerkobold", die Erfrischungsstange „Tuttifrutti", ein Spitzengenußmittel aus dem einstigen VEB Elbflorenz, die „Butzemann"-Schokolade aus dem VEB Rotstern in Saalfeld und die Waffel-Gebäck-Mischung „Sorett" aus dem Cottbuser Dauerbackwarenbetrieb KONSÜ. Und, nicht zu vergessen, Trabi-Abgase in Dosen, ein besonders irres Kultprodukt, genau wie der Trabi selbst, der Sachsenporsche, die Rennpappe, die Gehhilfe, die überdachte Zündkerze, von null auf hundert bis Sonnenuntergang. Ich kenne einen Autohändler in Leipzig, der hatte in blindem Vertrauen auf die Zukunft noch zu DDR-Zeiten aus dunklen Kanälen 12000 Rücklichter, sogenannte Schlußleuchten beschafft, begehrte Ersatzteile damals. Er hat noch heute zehntausend Stück auf Lager. Ruft mich an, Trabifreunde, ich geb euch seine Nummer.

Wer mit offenen Augen durch die Welt geht, entdeckt immer aufs neue Altes in neuem Gewand. Ich hab's erst kürzlich wieder beglückend erlebt: Das kann doch nicht wahr sein, denke ich. Ich schaue zweimal hin, ich schaue dreimal hin, und, siehe da, es ist kein Traum. Es ist die Wirklichkeit. Es ist reale Realität. Die Tempo-Erbsen von Suppina sind wieder da! Auch die Tempo-Bohnen und die Tempo-Linsen. „Wir sind wieder da!" steht auf der dunkelgrünen Verpackung, und es klingt wie der Triumphmarsch aus der Oper ‚Qaida'. Endlich kann die ostdeutsche Hausfrau ihren Lieben wieder die volkstümlichen Eintöpfe von damals bereiten, und zwar in nullkommanix, weil das Einweichen der Hülsenfrüchte am Vortag ersatzlos entfällt, daher der Name Tempo-Erbsen.

Der Westler bleibt beim Anblick östlicher Kultmarken cool bis ans Herz hinan, ihm gehen die östlichen Kultmarken am Rektum vorbei, und durch seine Birne brausen die demokratischen Slogans der freien Welt: Katzen würden Whiskas kaufen! Nichts geht über Bärenmarke! McDonald's ist einfach gut, ganz egal, ob McDonald's gut ist oder nicht. Der Westler fährt nicht irgendein Motorrad, sondern eine Harley Davidson, nicht irgendein Auto, sondern einen Daimler, und er schaut nicht auf ein x-beliebiges Zifferblatt, sondern auf seine Rolex.

Der Ostler dagegen ist nach sechzehn Jahren Hakle feucht und Henkell trocken noch immer so was von aus dem Häuschen, wenn die Tempo-Erbsen von Suppina plötzlich wieder da sind.

Diese Gelegenheit zur Verklärung der zweiten deutschen Diktatur, sagt er sich, darfst du nicht ungenutzt verstreichen lassen. „Damals waren wir alle gleich“, murmelt er im Flüsterton, damit Marianne Birthler, Joachim Gauck und Hubertus Knabe es nicht mitkriegen, „alle hatten ihren Trabi, und alle hatten ihre Arbeit.“ Das aber hören Marianne Birthler, Joachim Gauck und Hubertus Knabe gar nicht gern; von den Tempo-Erbsen bis zur Wiedergeburt der Stasi, behaupten sie, wäre es nur ein kleiner Schritt. Fürchtet euch nicht, rufe ich den drei Furchtsamen zu, Bangemachen gilt nicht! Im Osten brauchen wir schon lange keine Stasi mehr, die Furcht und Schrecken verbreitet! Für so was haben wir jetzt die Massenarbeitslosigkeit.

Es ist schon ein Kreuz mit den Ostlern und den Westlern. Der Kater vom Schampus der ersten Stunde war noch gar nicht ganz verduftet, da merkte der Westler schon, was für einen schrägen Vogel er sich da aufgehalst hatte. So mancher Niedersachse stellte sogleich einen Sachsen als Hauswart ein und staunte nicht schlecht, als dieser kesse Sachse dann seinerseits versuchte, einen Niedersachsen als Hausschwein zu halten. Von nun an hatte der Ossi deutschlandweit ganz, ganz schlechte Karten. Eine Wiedervereinigung, die diesen Namen verdient, hat daher bis heute nicht stattgefunden, jedenfalls nicht in Deutschland, eher schon fern der Heimat in Tiroler Skihütten, wo westdeutsche Hedonisten mit ostdeutschen Kellnerinnen kommunizieren, indem sie ihnen zielführend unter den Rock greifen.

So was kann bei anderen Völkern der Beginn einer wunderbaren Freundschaft sein, bei den Deutschen kaum. Die Deutschen sind nur glücklich, wenn sie unglücklich sind, die einen, weil sie Ostler sind, die anderen weil sie Ostler haben. Seit Jahren schon ergießt sich ein Tsunami sächsischer Langzeitarbeitsloser hinein in die alten Bundesländer, und weil alle hübsch bescheiden sind, erwischt da drüben auch fast jeder einen Job, wenn nicht in Illertissen, dann eben in Mutterstadt, Oberviechtach, Lohne-Dinklage, Haselünne, Hückeswagen oder in Bayreuth, wo sie ständig Bedarf an sächsischen Geigerzählern haben. Alles, was Beine hat, haut ab nach'm Westen. Genau wie früher. Aber mit dem entscheidenden Unterschied: Früher wollten sie alle, heute müssen sie.

Zugleich verödet die demografisch ausgedünnte Seniorenrepublik Nordost mit der Hauptstadt Opawiesenthal. Von Osten her stoßen unaufhaltsam die Wölfe auf Dresden vor, ins einstige Tal der Ahnungslosen, heute Tal der Kinderlosen. Zum Glück sind wenigstens die meisten jungen Mütter rechtzeitig nach München 'nübergemacht. Vom Ernst des Lebens halb verschont, ist der schon, der in München wohnt. Das Anheimelnde daran: Ostprodukte gibt es längst auch in bayerischen Supermärkten. Man kann sie gar nicht übersehen, meistens sitzen sie hinter der Kasse. Hier suchen sie das deutsch-deutsche Gespräch und müssen feststellen, daß der Prozentsatz der Ostler am deutschen Volkskörper nur bescheidene zwanzig Prozent beträgt und sich weiter verringert. Die bittere Wahrheit ist: In Deutschland sind Ostler die Minderheit. Aber: Randgruppe oder Elite? Das ist hier die Frage. Mir scheint: Elite. Dafür spricht jedenfalls die aktuelle Corsa-Umfrage: Macht Fernsehn blöd? Was stellt sich raus bei dieser Umfrage? Es stellt sich raus: Zwanzig Prozent aller Deutschen glauben, daß Fernsehn blöd macht. Und die restlichen achtzig Prozent hatten die Frage nicht verstanden.

Ein schönes Beispiel innerdeutschen Dialogs. Die flächendeckende, nachhaltige Entvölkerung der fünf neuen Imbissbudenaufstellflächen ist jedenfalls Chefsache der deutschen Politik seit Helmut Kohl. Seitdem wird der unauffällige Go-West-Abmarsch mit Wegzugprämien, finanzieller Starthilfe und Möbeltransporten aus der Staatskasse so unauffällig abgefedert, daß der ortskundigen Angela Merkel erst neulich in Templin aufgefallen ist, daß immer mehr Wohnungen frei werden.

Prompt kam ihr die glänzende Idee mit der Rückholaktion. Rückholaktionen sind nicht nur eine Spezialität der Automobilindustrie, sondern auch der Christdemokraten, die seit 1990 in einer beispiellos erfolgreichen Aktion Millionen widerstrebender Frauen an den deutschen Herd zurückholten. Der für den Abbau Ost verantwortliche Minister von der Großkoalition, der mit dem Cello, möchte lieber heute als morgen den entvölkerten Osten besenrein übergeben und müht sich, mit skurrilen Geschenken die Abwanderung unumkehrbar zu machen. Um Rückkehrwillige und Schwankende final abzuschrecken, läßt er außer Heimatzeitung-Abos auch sogenannte Heimat-Schachteln von Ost nach West versenden, die bräsige Heimatbroschüren enthalten, Heimat-Nippes, Gutscheine für Gratis-Übernachtungen in ostdeutschen Heimat-Hotels, Freikarten fürs Heimat-Theater, Hallorenkugeln und Burger Knäckebrot.

Jäh erwacht im versteppten Ostdeutschland der Neid der Hinterbliebenen, die wieder mal mit leeren Händen dastehen. Per Händy setzen sie den Vertriebenenminister unter Druck: „Du hör mal, Wolfgang, haben wir uns verhört, oder hast du uns tatsächlich mal die Angleichung der Lebensverhältnisse versprochen?"

„Die Angleichung, ja", erklärt der Minister, „selbstverständlich! Aber natürlich nicht an Deutschland."

Die geographische Lage

Der Schauspieler Henry Hübchen zu Gast in Johannes B. Kerners Laber-Show. „Herr Hübchen", schwärmt Kerner, „Sie waren im Osten nicht nur Theaterstar, sondern auch DDR-Meister im Surfen!" Wortgewaltig staunt der kenntnisreiche Moderator darüber, daß es etwas so Westlich-Exotisches wie Surfen in der DDR überhaupt gegeben habe.

„Wahrscheinlich haben Sie auch geglaubt", sagt Hübchen, „wir hätten unsere Bäume selbst geschnitzt." Außerdem wäre er kein Star gewesen, sondern Schauspieler, das Surfen hätte in der DDR nicht Surfen geheißen, sondern Brettsegeln, und die deutsche Bezeichnung Brettsegeln wäre auch ganz in Ordnung gewesen, denn die DDR hätte ja, was heutzutage viel zu wenig bekannt sei, in Deutschland gelegen.

Zwischen Nacht und Morgen

Die janze Arbeitslosigkeit ist Scheiße mit drei Ei. Kalle hockt den lieben, langen Tag vor der Glotze und kuckt Richterin Barbara Salesch. Er lebt von Almosengeld zwo, und seine Gedanken schweifen ungebändigt im Raum. Die Gedanken sind frei, sagt sich Kalle, früher hatten wir dis sojenannte Recht auf Arbeit jehabt, heute haben wir dis Recht auf ein' Parkplatz. Dis Recht auf Arbeit damals inne TäTäRä war voll der Reinfall, Freunde! Eines schönen Abends trudelt Kalle nichts Böses ahnend mit seinem Sachsenporsche durch die Landschaft, aber plötzlich: Tatütata, Blaulicht, und stop! Die Volkspolizei, dein Freund und Helfer, alle Mann stocknüchtern, Kalle der einzige mit Mundgeruch. Schicksal. Nüscht zu machen. Alkohol am Lenkrad! Punktjenau zweekommanull Promille. Die rufen den Betrieb an, die rufen die

Justiz an, und die Justiz, die war echt dis Allerletzte! Die Pappe futschikato, und für jedes Promill ein Jahr, insjesamt zwee Jahre, aber nich Zett, meine Herrschaften, nee, voll die Höchststrafe: zwee Jahre Arbeitsplatzbindung!

Den ganzen Tag lang eine Erinnerung nach der anderen, und in der Nacht ist es nicht besser. Nachts kommen die Träume. Träume, sagt Kalle, sind Fernsehn im Schlaf. Meistens spielt der Träumer selber mit, als Herzensbrecher in Liebesfilmen und Schicksalsdramen, in Krimis als Kommissar oder Massenmörder.

Früher hatte Kalle mit der Träumerei keinen Ärger. Niemals. Er war immer der Gigant des gesunden Nachtschlafs. Doch nun kommt er in die Jahre. Wer es gut mit ihm meint, stuft seine Haarfarbe trotz vereinzelt noch vorhandener schwarzer Strähnen als friedhofsblond ein. Neulich hat er seine Zigarette zum ersten Mal am verkehrten Ende in Brand gesetzt. Immer öfter knirschen die Gelenke. Immer öfter meldet sich die Prostata, die Achillesferse der reiferen Jugend. Dagegen, sagt Kalle, is nüscht zu machen. Alterserscheinungen! Genau wie die Träume.

Gern würde er mal vom Bundesligisten Werder Bremen träumen oder von einer Kreuzfahrt nach Neuseeland, doch Werder Bremen hat in seinen Träumen bisher keine Rolle gespielt, und Traumschiffe sind auch noch nicht aufgekreuzt.

Kalle träumt stundenlang immer bloß von der einstigen Ehemaligen.

Und leider sind es Alpträume. In keinem dieser Träume macht er eine auch nur halbwegs gute Figur. Gern würde er als Günter Simon auftreten, als Sohn seiner Klasse, oder auch als Draufgänger und positiver Held wie Manfred Krug. Doch Kalle ist immer bloß das schwankende Element, jedes Mal der Drückeberger und Passivist. Schweißgebadet schreckt er mitten in der Nacht hoch, wälzt sich bis zum Morgengrauen in't Bette hin und her, und die Verantwortung für den bedenklichen Lauf der Welt lastet schwer auf ihm.

In vierzig Jahren DDR ist er nicht ein einziges Mal schwarz mit der Straßenbahn gefahren, großes Pionierehrenwort. Trotzdem ertappt ihn in seinen furchtbaren Träumen neuerdings ein volkseigener Kontrolleur immer, immer wieder auf frischer Tat. Kalle besitzt keinen gültigen Fahrausweis. Dabei kostet die Fahrt nur zwei Groschen. Aber ist Schwarzfahren, wenn es nur lumpige zwanzig Pfennig kostet, nicht umso schlimmer? Der Kontrolleur schreibt die Quittung aus und kassiert fünf Mark Strafe. Strafverschärfend durchbohrt er Kalle mit einem finsteren Blick. Kalle schämt sich; denn seine Fahrgeldhinterziehung hat sich in einer Straßenbahn des Volkes abgespielt, folglich ist er ein Betrüger seiner selbst. „Wenn das nun alle machen würden!" Kalle spricht im Schlaf, seine Frau hat es deutlich gehört.

Kalle besitzt einen Schrebergarten. Darin darf er neuerdings anbauen, was er will. Wenn er gar nichts anbaut, macht ihm auch keiner Vorschriften. Heutzutage! Vor Jahren und Jahrzehnten allerdings gehörte er, wie es Vorschrift war, dem Verband der Kleingärtner, der Siedler und der Kleintierzüchter an, und dieser Millionenverband empfand sich seinerzeit als tragende Säule der Volksernährung. Geschmeidig richtete Kalle sein Tun und Lassen an den Erwartungen des Vorstands aus. Kein einziges Mal wurde er auffällig, im Gegenteil. Weil nichts gegen ihn vorlag, verliehen sie ihm sogar die silberne Ehrennadel mit Urkunde.

Vor vierzehn Tagen hat es ihn nun aber doch noch erwischt, wenn auch bloß im Traum.

Zur Unzeit taucht der komplette Vorstand an der Gartenpforte auf, um seine Parzelle nach allen Regeln der Kunst unter die Lupe zu nehmen. Dumm gelaufen. Genau an diesem Morgen nämlich hat Kalle seine Erdbeer-, Möhren- und Radieschenbeete umgegraben, er hat die landwirtschaftliche Nutzfläche verringert – zugunsten einer privaten Freizeitwiese, aber zu Lasten der Volksernährung, mit anderen Worten: Der Vorstand schnappt ihn in flagranti bei der Rasenaussaat.

Stop! Kommando zurück! Der Vorstand kennt keine Gnade. Kalle muß, im Traum, seine Pläne rückgängig machen, muß Selbstkritik üben und die Erdbeer-, Möhren- und Radieschenbeete umgehend wiederherstellen. Er fängt sich eine strenge Rüge ein und zusätzlich noch eine Verwarnung, weil dem Vorstand über drei Ecken zugetragen worden ist, daß er unter Alkoholeinfluß die eigene Kleingartensparte als „grüne Hölle“ verleumdet habe.

So oder so ähnlich treiben es die Geister der Vergangenheit jede Nacht mit ihm.

Dabei hat er sich früher nie oder fast nie etwas zuschulden kommen lassen. Im Fernsehen hat er die wenig aufregenden Meldungen der Aktuellen Kamera klaglos über sich ergehen lassen. Er hat das Neue Deutschland ..., nun ja, abonniert. Er hat immer Soli bezahlt für die Völker der dritten Welt. Seine Kaderakte war nicht nur sauber, sondern rein. Nie hat er die Frage der Sichtwerbung dem Selbstlauf überlassen. Zum Ersten Mai und zu jedem Nationalfeiertag hat er bereitwillig geflaggt.

Darum versteht er die Welt nicht mehr, als die Parteileitung sich ihn, im Traum, zur Brust nimmt. Der Parteisekretär schätzt ein, er hätte sein Häuschen aus Anlaß des Tages der Werktätigen der Land- und Forstwirtschaft weder mit einem roten Banner noch auch nur mit einem Winkelement in den Farben der DDR geschmückt. Bei einem solchen Vorwurf gibt's nur noch eins: Schleunigst Asche aufs Haupt und gnadenlose Selbstzerfleischung! Aufs schärfste distanziert sich Kalle von seinem ewiggestrigen Verhalten. So was, verspricht er, werde nie wieder vorkommen, und er bekräftigt seine Worte mit dem feierlichen Schwur: „Ab heute flaggt Kalle bei jede Jelejenheit, Jenossen, janz ejal, ob Weihnachten is, Ostern oder Vatatach!“

Früher war Kalle beim Rat des Kreises tätig, Abteilung Arbeitsschutz. Kein schlechter Posten soweit, selten im Büro, meistens an der frischen Luft. In der Zeit der Ernte hatte er bei der LPG „Goldene Ähre“ oder im Volksgut „Trotz alledem“ Feldkontrollen vorzunehmen und zu überprüfen, ob alle Maschinen vorschriftsgemäß im Bestzustand seien, ob die Zapfwellen der Traktoren und Mähhäcksler den hohen Ansprüchen des sozialistischen Arbeitsschutzes genügten, denn im Mittelpunkt stand ja der Mensch.

Speziell mit defekten Zapfwellen war nicht zu spaßen. Die gottverdammte Welle mußte bloß einen Zipfel des Arbeitskittels zu fassen kriegen, schon wickelte sie den Maschinisten zum Rollmops auf. Tödliche Unfälle kamen immer wieder vor. Bei den andern! Bei Kalle nie. Weil er seine Arbeit ordentlich machte. Und trotzdem blieb ihm in der Dienstzeit ein gewisser Spielraum. Vom Büro aus war er da draußen in der Prärie beim besten Willen nicht zu orten. Manche Kollegen sahen das weniger eng als er, betteten sich am Feldrain zu einem Nickerchen oder statteten einsamen Witwen Kurzbesuche ab.

Kalle nie. Er hatte stattdessen, heute kann man's ja sagen, seine Raubfischangel im Kofferraum, den Kescher und eine Handvoll Blinker, Wobbler und Spinner. Kalle hat in der Arbeitszeit so manchen Kaventsmann gelandet, einmal sogar einen Zander, der damals sechs Kilo wog, heute beim Erzählen schon mehr als zehn. Und gefangen hat er ihn nachmittags gegen drei. Über solche, sagen wir, Unregelmäßigkeiten und Erfolge zu schweigen, ist ihm damals sauer geworden, frag nicht nach Sonnenschein. Doch er hat es geschafft. Ihm ist keiner auf die Schliche gekommen, nicht mal die Stasi.

Das alles liegt nun schon weit zurück, alles lange erledigt und nicht mehr wahr. Kalles Gedanken jedoch kreisen noch heute um diese Mängel und Schwächen. Was, wenn wir der sozialistischen Moral zum Durchbruch verholfen hätten?! Was, wenn wir die Arbeitszeit vollinhaltlich genutzt hätten?! Wie stünden wir heute da im internationalen Vergleich!?

Gedanken wie dieser suchen ihn heim in seinen Träumen. Er versucht ihnen dadurch auszuweichen, daß er, im Traum, sich selber beim Angeln über die Schulter blickt. Er drillt einen Hecht, keschert ihn, landet ihn, der Hecht hat gerade so das Maß, zwei Pfund, zweieinhalb vielleicht, und während Kalle ihn vom Haken löst, raschelt hinter ihm verdächtig das Schilf. Er dreht sich um und steht einem sympathischen älteren Herrn mit Brille gegenüber, mit hellem Hut, hellem Anzug, roter Krawatte und Mainelke.

Ist das nicht … Genau, es ist Genosse Erich Honecker, der an der Basis nach dem Rechten sieht, Genosse Harun al Raschid bei den Werktätigen der Land- und Forstwirtschaft. Kalle fühlt sich ertappt. Schuldbewußt schlägt er den Blick nieder.

Er kann sich schon denken, was gleich passieren wird. Der Generalsekretär wird ihm die Ohren langziehen! Was Kalle da zwei Stunden vor Arbeitsschluß am Gewässer treibt, hat mit Arbeitsschutz und Steigerung der Arbeitsproduktivität nichts, aber auch gar nichts zu tun, und von der Arbeitsproduktivität, soviel weiß Kalle aus dem Parteilehrjahr, hängt er nun mal ab, der Sieg der sozialistischen Gesellschaftsordnung.

„Lieber Genosse Kalle", sagt Erich Honecker schüchtern, „ich möchte dich, wenn du gestattest, um einen Gefallen bitten …"

Kalle nickt.

„Könntest du mir eventuell einen Räucheraal besorgen?" Erich Honecker weist nicht an, er befiehlt nicht, er bittet. Er spricht als Kumpel von Mensch zu Mensch, nicht als mittelgroßer Diktator, nicht als Generalsekretär des Politbüros des Zentralkomitees der Sozialistischen Einheitspartei Deutschlands und Vorsitzender des Staatsrates und des nationalen Verteidigungsrates der Deutschen Demokratischen Republik.

Das gefällt Kalle. „Einen Räucheraal", sagt er, „na, wenn's weita nüscht is!"

„Und", fügt Erich Honecker demütig hinzu, „vielleicht noch einen zweiten für den Genossen Günter Mittag?"

Kalle erwacht. Mitten in der Nacht. An Schlaf ist nach einem solchen Traum nicht mehr zu denken. Nostalgie kann auch ein Fluch sein. Kommt immer öfter vor, daß die Jugendsünden sich melden zu nachtschlafender Zeit. Er berichtet seinem Doktor, was er durchmachen muß und daß er jede Nacht schon gegen vier wach ist. „Was ist denn das bloß?"

„Nichts Schlimmes", sagt der Doktor und winkt müde ab, „typisch präsenile Bettflucht!"

Vor Vertretern wird gewarnt

Der Mensch wird langsam mangelhaft, die Locke wird hinweggerafft, und früher oder später erreichen wir ein gesegnetes Alter, in dem wir zum Spielball für eine gewisse Sorte skrupelloser Vertreter werden. Diese klingeln Sturm an deiner Haustür, mein Freund, klammern sich an die Klinke und versuchen mit allerlei Tricks, dir schweineteure Wundermittel anzudrehen, beispielsweise die Pille zur Erlangung der ewigen Jugend. Erst neulich hat die Kripo wieder einen dieser Ganoven festgenommen, einen Wiederholungstäter übrigens. Wegen der Pille der ewigen Jugend ist er mehrfach vorbestraft. Insgesamt dreimal hat er schon gesessen, und zwar 1772, 1886 und 1909.

Und er sieht immer noch gut aus!

Frau Jelonnek lädt Peter Hartz zum Essen ein

Jelonnek hat großes Glück mit seiner Frau. Im Gegensatz zu ihm ist sie unternehmungslustig und singt in Küche und Bad die alten Durchhalteschlager, am liebsten: „Das kann doch einen Seemann nicht erschüttern ..." Sie bleibt optimistisch auch dann noch, wenn Jelonnek schon lange kleinmütig abgewinkt hat, weil sowieso nichts zu machen ist. Ohne Antrieb hängt er in der Wohnung rum, liest die Super-Illu zunächst von vorn nach hinten und dann noch mal von hinten nach vorn, kurz, er spielt den Intellektuellen. „Nichtstun", raunt er philosophisch, „ist immer noch besser, als mit großer Mühe nichts schaffen."

„Ach was!" sagt Frau Jelonnek.

Als Peter Hartz seinerzeit über „die Medien" bekanntgeben ließ, er werde die Zahl der Arbeitslosen in weniger als zwei Jahren halbieren, als seine Reform mit Glanz und Gloria zum Unwort des Jahres gewählt wurde und der Peter noch hoffen durfte, seinen Namen mit goldenen Lettern ins Buch der guten Taten eintragen zu dürfen, hielt Frau Jelonnek ihn, offen gesagt, für einen Fatzke. „Dem", höhnte sie, „würde ich keinen Gebrauchtwagen abkaufen, ums Verrecken nicht!"

Plötzlich aber kam alles raus, zuerst die Sache mit den Schmiergeldern und dann die Schäferstündchen mit den Sambanutten aus Brasilien. „Sein Haus in Wolfsburg", enthüllte die Super-Illu, „wird rund um die Uhr von der Polizei bewacht, er wird mit Beschimpfungen, Beleidigungen und Morddrohungen bombardiert, er bekommt waschkörbeweise Schmähbriefe. Hartz vier hat das Leben von Peter Hartz völlig verändert."

Frau Jelonnek zeigt ihrem Mann die Textstelle, und der sagt schadenfroh: „Siehste, siehste, es geht den Menschen wie den Leuten."

In diesem Augenblick fällt ihr auf, wie eng das Schicksal ihrer Familie mit dem Absturz des berühmten Reformers verknüpft ist. Die Politik hat ihn fallenlassen. Jetzt kann auch er morgens zwei, drei Stunden länger liegenbleiben, und wenn Freunde, die noch in Amt und Würden sind, ihn kommen sehen, wechseln sie überstürzt hinüber auf die andere Straßenseite. Andererseits verschließt Frau Jelonnek nicht die Augen vor der Tatsache, daß er ein feiner, gut aussehender Mann ist, im besten Alter, wenn auch leider ein bißchen unglücklich und niedergeschlagen in letzter Zeit.

In diesem Augenblick kommt ihr die Idee des Jahrhunderts.

„Den“, sagt sie entschlossen, „den laden wir ein!“

„Wen?“ fragt Jelonnek.

„Den Herrn Hartz!“

„Du spinnst doch!“

„Den laden wir ein. Den oder keinen!“

„Du hast ja gar nicht seine Adresse!“

„Die besorg ich mir.“

„Wo denn?!“

„Hier gleich gegenüber, im VW-Autohaus.“

Jelonnek zeigt seiner Frau den Vogel. „Der kommt doch sowieso nicht!“

„Nichts ist unmöglich“, orakelt Frau Jelonnek.

„Der kommt mir nicht ins Haus!“ entscheidet Jelonnek. „Wenn der Name Hartz fällt, fangen alle Mütter an zu weinen, und die Kinder verstecken ihre Sparschweinchen!“

Nach diesem hilflosen Aufbegehren gibt es für Frau Jelonnek kein Zurück mehr. Sie sendet einen Brief voller Mitgefühl und menschlicher Wärme nach Wolfsburg und ist sogar bereit zu wetten, daß Peter Hartz die Einladung annehmen werde. Jelonnek hält sein gesamtes Vermögen dagegen. Das ist weiter kein Risiko, dank Hartz vier hat sich das, was Jelonnek einst sein Vermögen nannte, restlos in Luft aufgelöst. So gesehen, ist der

Ausgang der Wette finanziell ohne Bedeutung, könnte im Erfolgsfall jedoch Frau Jelonneks Autorität ganz erheblich steigern. Sie beschließt einstimmig: Der Peter Hartz wird zum Essen eingeladen, basta!

Und Peter Hartz kommt.

Er kommt, wie er sein Büro mitteilen läßt, sehr, sehr gern. Einzige Bedingung: kein Fernsehen, keine Presse, überhaupt keine Medien! Um die Mittagszeit fährt er vor. Im blanken schwarzen Phaeton, Neupreis hundertfuffzigtausend, Volkswagen eben. Aber ohne Chauffeur! Damit sein Besuch nicht mehr Aufsehen als nötig erregt. Übersehen kann ihn ohnehin keiner. Er ist ein Hüne von Gestalt und zugleich ein Gentleman – randlose Brille, eleganter Zwirn und ein vertrauenbildendes Lächeln. Schneeweiß leuchtet sein Haar. Frau Jelonnek übergibt er einen Strauß langstieliger roter Rosen, Jelonnek reicht er herzlich die Hand. Bei soviel Charme ist Frau Jelonnek natürlich gleich hin und weg. Ein sympathischer Mann mit perfekten Manieren. Kaum hat er die gute Stube betreten, reckt er auch schon die Nase und beginnt heftig zu schnuppern: „Nanu, was gibt's denn heute Schönes, Frau Jelonnek?"

„Sauerampfersuppe, Fischpfanne, dazu einen frischen Löwenzahnsalat auf Gänseblümchen, als Nachtisch Holunderküchli und zum Anstoßen einen milden dänischen Landwein."

„Fein", sagt Peter Hartz.

Jelonnek wiegelt ab: „Leider nur Hausmannskost, Herr Hartz."

Peter Hartz reibt sich die Hände. „Vorfreude – schönste Freude, Frau Jelonnek! Wenn Gott der Herr gewollt hätte, daß jeden Tag Austern auf den Tisch kommen, hätte er Hartz vier nicht erfunden, stimmt's, oder hab ich recht?"

Da kann Frau Jelonnek nur zustimmend nicken.

Viel zuwenig bekannt sei, erklärt Peter Hartz, daß er

selbst auch nur ein ganz einfacher Mann sei, Sohn eines Hüttenarbeiters, Abitur auf dem zweiten Bildungsweg ... „Und was, wenn ich fragen darf, machen Sie persönlich, Herr Jelonnek?“

„Nichts.“

„Schöner Beruf“, sagt Peter Hartz.

„Das schon, aber wahnsinnig viel Konkurrenz!“

Und dann müssen sie beide lachen.

Frau Jelonnek trägt die Suppe auf. „Heute“, sagt sie, „lassen wir die Puppen tanzen!“

„Kenn' Se den?“ fragt Peter Hartz. „Kommt der Arbeitslose nach Hause und sagt zu seiner Frau: ‚Schatz, ich hab 'ne neue Stellung!‘ Sagt die Frau: ‚Kümm're dich lieber um Arbeit, du Ferkel!‘“

Da lachen sie alle drei.

Frau Jelonnek wünscht guten Appetit.

„Super!“ lobt Peter Hartz.

„Sauerampfer grob hacken“, erläutert Frau Jelonnek, „mit einem Teelöffel guter Butter dünsten, mit Brühe aufgießen und zehn Minuten köcheln lassen ...“

„Superb!“ lobt Peter Hartz. „Endlich mal was anderes als immer bloß diese Geschäftsessen mit den kräutergeräucherten Perlhuhnbrüstchen an jungem Lauch auf Vanillesamen-Risotto in Orangen-Kardamom-Reduktion und als Dessert Karamelwürfel, gefüllt mit Mousse Marquise!“

„Sauerampfer“, erläutert Jelonnek, „wächst vom frühen Frühjahr bis zum späten Herbst auf allen deutschen Wiesen.“

„Nur die jungen, zarten Triebe pflücken“, empfiehlt Frau Jelonnek, „ältere Pflanzen schmecken wie verdorbener Essig!“

„Und bitte Vorsicht, Herr Hartz!“ Jelonnek warnt Peter Hartz eindringlich davor, den Sauerampfer, der ihm so sehr mundet, an Orten zu pflücken, die der Bauer mit seinen Pflanzenschutzgiften versaut hat.

Peter Hartz hat seinen Teller leer gegessen, wie es sich gehört. „Super-superb", lobt er und legt den Löffel weg. „Es muß nicht immer Kaviar sein, Frau Jelonnek, aber sagen Sie bitte, woher haben sie dieses fabelhafte Sauerampfer-Rezept?"

Das Rezept, stellt sich heraus, entstammt dem soeben erschienenen „Hartz IV-Kochbuch", das Omas schönste Kriegs- und Nachkriegsrezepte versammelt. Frau Jelonnek fängt an zu schwärmen: „Kochen für mehr als vier Personen zum Preis von weniger als fünf Euro ..."

„So was gibt's?" Von diesem Kochbuch, das seinen Namen trägt, hat Peter Hartz noch gar nicht gehört. „Hartz IV ist in aller Munde", sagt er schelmisch, „demnach bin ich wohl ein Kollege von Alfred Ökolek."

„Das Kochbuch ist spitze", sagt Jelonnek, „es enthält Gerichte, die keinen Cent kosten, weil man dafür überhaupt nichts aus der Kaufhalle braucht, nur Gaben der Natur aus Wald und Flur, Pilze zum Beispiel, Pfifferlinge, Rotkappen, Maronen ... Sie werden es nicht glauben, Herr Hartz, die beste Stelle für Hallimasch ist die Grünfläche vor dem Arbeitsamt."

Frau Jelonnek trägt den Fisch auf: „Hat mein Mann eigenhändig geangelt!"

„Petri Dank", sagt Peter Hartz, „auf die Plötze, fertig, los! – Es muß nicht immer Hummer sein, Frau Jelonnek. Die Kosten spielen ja auch eine Rolle, nicht wahr, das ist im kleinen privaten Haushalt nicht anders als in der großen Wirtschaft. Lieber duschen als baden, hat meine Mutter immer gesagt, und beim Einseifen das Wasser abdrehen!"

„Kaffee in der Thermoskanne warm halten, nicht auf der Heizplatte!" ergänzt Frau Jelonnek. „Macht zwanzig Euro Profit pro Jahr."

Herr Jelonnek: „Beim Fernseher unbedingt Stand-by-Betrieb vermeiden!"

Frau Jelonnek: „Nur dunkle Backformen benutzen!

Die dunklen speichern mehr Energie als die hellen, und der Kuchen wird viel schneller fertig."

Peter Hartz kennt sich aus. „Es gibt so unendlich viele Möglichkeiten, das ist bloß noch viel zuwenig bekannt."

Frau Jelonnek trägt den Nachtisch auf. „Holunderküchli", sagt sie. „Von den frischgeernteten Holunderdolden die dicken Stengel abschneiden, ins Wasser tauchen und ausschütteln, damit das Krabbelvieh rausfällt, und dann mit Pfannkuchenteig überbacken..."

„Lecker", sagt Peter Hartz. Ihm scheint es tatsächlich zu schmecken. „Aber was ich auf keinen Fall vergessen möchte zu sagen, liebe Jelonneks: Sie machen mir mit Ihrer Einladung eine große, große Freude, danke, vielen Dank."

„Für uns ist es 'ne Abwechslung", sagt Frau Jelonnek, „und Sie erleben mal am eigenen Leibe, wie's bei Hartzis zu Hause aussieht."

„Direkt vor Ort", fügt Jelonnek hinzu.

Peter Hartz nickt versonnen. „Wissen Sie, als Besserverdiener ist man ja auch weiter nichts als ein armes Schwein mit viel Geld ..."

Viel zu schnell vergeht die Zeit.

„Wir bleiben in Verbindung", sagt Peter Hartz zum Abschied. „Wir telefonieren."

Winkend rollt er mit dem großen schwarzen Wagen vom Hof. Fröhlich sagt er aus dem geöffneten Fenster: „Übrigens, wir kriegen ein tolles Pilzjahr!"

„Prima", ruft Frau Jelonnek, „das hilft wirtschaften ..."

Gegenseitig interessierende Fragen

Auf ihren Auslandsreisen gibt es für die deutsche Kanzlerin nichts Schöneres, als mit den gastgebenden Präsidenten knallharte Gespräche über die Einhaltung der Menschenrechte zu führen. So auch kürzlich bei ihrem Staatsbesuch in Humanistan.

„Exzellenz", sagt höflich, aber bestimmt die Kanzlerin, „Gespräche über die Menschenrechte sollten wir nach Möglichkeit nicht ausklammern ..."

„Auf gar keinen Fall", erwidert der Präsident, „ich schlage vor, wir fangen gleich mit Hartz IV an."

Knösel sagt, wie's ist

„Am Standort Deutschland wird einfach zuwenig gearbeitet", sagt Knösel. „Von den Kurz- und Langzeit-Hartzis will ich gar nicht reden, unter denen gibt's natürlich auch ein paar Schlitzohren und faule Schweine. Die fühlen sich sauwohl in ihrer sozialen Hängematte, okay, haben aber, ehrlich gesagt, auch jede Menge Stress, allein schon bei der Bewerbung. Bewerbungsarbeit ist ein Fulltime-Job, Herrschaften! Ich kenn einen, der hat 2000 Bewerbungen geschrieben, 15000 Euro für Formulare, Fotos und Kopien ausgegeben, 5300 Euro für Briefmarken und sich nach und nach zum bundesweit berühmtesten Bewerbungsexperten qualifiziert. Sein Pech ist bloß: Bei ihm kommen die Unterlagen jedes Mal mit ein- und derselben Absage zurück: Überqualifiziert!"

Da merkt dann auch der Dümmste: Ein sicherer Arbeitsplatz ist etwas unendlich Kostbares, den darf man nicht leichtfertig aufs Spiel setzen. Sagt Knösel. Arbeitszeitverlängerung ohne Lohnausgleich – so was könnte er persönlich sich durchaus vorstellen. Ihn stört nicht, daß der Arbeitgeber ihm, wenn er will, die Arbeit jederzeit nehmen kann, und ihn stört auch nicht, daß seine Zeitung den Arbeitgeber auch nach Massenentlassungen straflos als Arbeitgeber bezeichnen darf.

Knösel hält nichts davon, den Arbeitgeber zu verteufeln und in ihm immer nur den Ausbeuter zu wittern.

Knösel weiß: Nur durch Lohnzurückhaltung können Arbeitsplätze gesichert werden. Weil am Standort Deutschland zuwenig gearbeitet wird, wäre er sogar damit einverstanden, daß der Chef ihm unbürokratisch ein paar Krankentage auf den Urlaub anrechnet. „Die Lohnnebenkosten sind einfach zu hoch“, sagt Knösel. Das hätte sein Chef ihm auch bestätigt, als er neulich mal ganz vorsichtig angefragt hat, ob er nicht vielleicht zwei, drei Tage mehr Urlaub kriegen könnte.

„Herr Knösel“, sagt Knösel, hätte der Chef gesagt, „kommen Sie mir bloß nicht ständig mit mehr Urlaub! Bei mehr Urlaub würde ja noch weniger gearbeitet am Standort Deutschland, stimmt's, oder hab ich recht?! Wissen Sie denn überhaupt, wie wenig Sie persönlich arbeiten? Ich rechne Ihnen das gerne mal vor. Also, das Jahr hat 365 Tage. Nehmen wir an, Sie schlafen 8 Stunden. So kommen im Schlaf schnell 122 Tage zusammen, die wir schon mal in den Skat drücken müssen. Bleiben 243 Tage. Vor und nach dem Schlaf haben Sie täglich insgesamt 8 Stunden Freizeit, macht noch einmal 122 Tage. Bleiben 121 Tage. Das Jahr hat 52 Sonntage, und am Sonntag wird nicht gearbeitet. Bleiben 69 Tage. Sonnabends wird auch nicht gearbeitet. Macht noch mal 52 Tage. Bleiben 17. Pro Schicht legen Sie eine halbe Stunde Pause ein. Diese Pausen läppern sich zusammen zu genau 7 Tagen. Bleibt ein Rest von 10 Tagen. Nun hat das Jahr aber auch noch 9 Feiertage. Was, frage ich Sie, bleibt übrig von den 356 Tagen eines Jahres?! Übrig bleibt ein einziger popliger Tag – der 1. Mai, und nicht mal am 1. Mai wird gearbeitet. Tag der Arbeit, daß ich nicht lache! So sieht's aus. Und das ist ja nur das ganz normale Jahr, im Schaltjahr ist es noch schlimmer. Und nun frage ich Sie, mein lieber Knösel: Was genau meinen Sie mit Urlaub?“

So viele Reiche – armes Deutschland!

Ich wär so gerne Millionär. Das müßte sich doch auch für mich irgendwie einrichten lassen! In keinem Land der Welt ist die Millionärsdichte so groß wie in diesem unserem Deutschland. Freilaufende Millionäre streifen in Rudeln umher, so daß verzweifelte Bahnhofspenner bereits Polizeischutz anfordern gegen den Almosenterror der Reichen und Mächtigen, die ihnen mit schmutzigen Tricks die eine oder andere Million unter die Weste jubeln wollen.

Oder sollte ich vielleicht sogar versuchen, in den glanzvollen Klub der Milliardäre aufgenommen zu werden? Gern wäre ich der Sohn und Erbe eines steinreichen Vaters geworden, doch leider hat mich keiner adoptiert. Wer weiß, möglicherweise schaff ich es ja als Seiteneinsteiger. Milliardär kann jeder werden. Jeder. Wenn auch nicht alle. Bill Gates hat es geschafft. Er ist der reichste Mann der Welt, und in seinen Computern steckt bestimmt noch mehr drin. In Deutschland unverändert an der Spitze: die ALDI-Brüder ALDI-Süd und ALDI-Nord. Sie haben es geschafft, ihrer Kundschaft mehr als dreißig Milliarden Euro vom Munde abzusparen. Diese Summe entspricht einem Stapel übereinander getürmter Geldübergabekoffer von der doppelten Höhe des Mount Everest.

An dieser Stelle kommt der deutsche Geringverdiener ins Grübeln. Wie, fragt er sich, gelingt es einem Millionär eigentlich, sich zum Milliardär hochzuarbeiten? Dies, mein Junge, ist eine der unknackbaren Quizfragen, die bisher noch kein Kandidat beantworten mußte. Was macht der Wind, wenn er nicht weht? Wie kommen die Rasen-betreten-verboten!-Schilder in die Mitte des Rasens? Was macht der Synchronschwimmer, nachdem sein Partner ertrunken ist? Also noch einmal: Wie, auf welche Weise wird aus dem Millionär, der hart um seinen Lebensunterhalt ringen muß, ein Milliardär, der locker Fünfhundert-Euro-Scheine zu Fidibussen faltet und sich damit seine Havannas anbrennt? Mit welchen Tricks schafft man eine solche Wahnsinnskarriere? Ganz genau verrät dir das keiner, sicher ist nur: Ehrlich währt's am längsten, kleiner Scherz!

Andererseits gibt es massenhaft Leute, die dir im Klageton bereitwillig erzählen, wie du erfolgreich verarmen kannst. Bei deinem Weg in die persönliche Insolvenz hast du die freie Auswahl zwischen allerhand Möglichkeiten, und die Regierung hilft, so gut sie kann. Durch eine Sozialpolitik mit Herz und Hartz. Mit Massenarbeitslosigkeit und Niedriglöhnen. Niedriglöhne sind übrigens besser als ihr Ruf. Seien wir ehrlich, das deutsche Volk ist stark übergewichtig und sollte sich schleunigst auf Halb-Mast setzen. Insofern sind Hungerlöhne nicht nur zumutbar, sondern wünschenswert. Sie verhelfen dem deutschen Fettsack zu einer attraktiven Figur und verbessern die Volksgesundheit. Oder nimm dein Herz in beide Hände, mein Lieber, und nutze eine blaue Stunde der Zärtlichkeit, um dir ein Kind zu erarbeiten. Dann steckst du neun Monate später hoffnungslos in der Babyfalle, denn ein Kind ist nicht mehr finanzierbar. Vor allem: Frag nicht so blöd, was dein Land für dich tun kann! Zahl deine Steuern, und halt die Fresse! Und überhaupt: Kann es einem Land dreckig gehen, in dem die Leute noch Geld für Bücher von Dieter Bohlen ausgeben?

Oder versuch es mit Sparen! Schließ beim Zähneputzen zur Abwechslung einfach mal den Wasserhahn. Sonst laufen dir pro Minute fünf Liter Trinkwasser ungebremst in die Kanalisation, macht bei einer vierköpfigen Familie pro Zahnputzvorgang sechzig Liter – auf das ganze Jahr hochgerechnet, mehr als zweihundert bis zum Rand gefüllte Badewannen. Alles bares Geld, mein Lieber, und mehr wert als ein Lottogewinn. Bisher galt die Faustregel: Lieber einen Sechser im Lotto als eine Acht im Fahrrad. Dies gilt für den Hartzi so nicht mehr; denn gemäß Hartz IV wird der Lottogewinn eines jeden Hartzis restlos und ohne Abzüge mit dem Arbeitslosengeld zwo verrechnet.

Ehrlich gesagt, für mich wär das nichts. Armut ist nicht mein Ding. Ich, wie gesagt, wär so gerne Milliardär, würde aber niemals so weit gehen, einen Menschen nur deshalb als arm zu bezeichnen, weil er kein Geld hat. Im Gegenteil, ich möchte den sozial Schwachen kraft eigenen Beispiels den Weg weisen zu einem Leben in Hülle und Fülle. Zuallererst stellte ich einen Diener ein, den Mann fürs Grobe, der alle häuslichen Pflichten erledigt, die ich nicht ausüben kann oder darf – Staubsaugen, Fensterputzen, Bodenwischen, Waschen und Bügeln, Rasur, Frisur, Maniküre, Botengänge und Einkäufe, Tätigkeiten, die sich für mich nicht schicken, weil sie unstandesgemäß sind. Dann kaufte ich mir eine Sänfte und stellte einen zweiten Diener ein. Diese beiden Herren müßten wenigstens Olympiasieger im Gewichtheben sein, Bewerbung nur nach Vorlage der Goldmedaille. Die beiden hätten fortan eine tragende Rolle in meinem Lebensplan zu spielen. Sie müßten mich zu den Schlössern und Chateaus meiner Geschäftsfreunde tragen oder zum Rendezvous mit einer schönen, reichen Frau. Aus ökologischer Sicht ist die gute, alte Sänfte dem Automobil nämlich entschieden vorzuziehen. Dies der Automobilindustrie ins Stammbuch!

Dann würde ich mich in London umsehen, am Eaton Place, und einen in Fernsehserien gereiften Butler einstellen, der auch als Lifestyle Manager, Bodyguard und Hausmeister tätig werden könnte, auch als Chef meines Harems, in dem ich bevorzugt ausgewählte weibliche Langzeitarbeitslose beschäftige. Selbstredend hätte ich einen Gärtner, der meinen englischen Rasen kämmt und fönt. Ich würde dem Louvre die Mona Lisa abkaufen und sie in meine Küche hängen. Diese Küche übrigens wäre das Reich eines Fünf-Sterne-Kochs, der zum Dinner mit auserlesenen Delikatessen aufwartet: Beluga-Kaviar, Austern, Hummer, Filet vom japanischen Kobe-Rind. Sie sollten wissen, daß Kobe-Rinder die glücklichsten Kühe der Welt sind. Der Züchter setzt ihrem Kraftfutter reichlich Champagner zu, und außerdem wird jedes einzelne Rind täglich von Hand zwei Stunden lang massiert. Erst infolge dieser Streicheleinheiten wird das hochwertige Fleisch des Kobe-Rinds so zart und delikat, daß es auf dem Weltmarkt Kilopreise erzielt, die den monatlichen Regelsatz eines Hartz-IV-Empfängers um ein Vielfaches übertreffen.

Eine prollige Bockwurscht mit Salat muß ich mir künftig versagen, damit lebte ich weit unter meinen Verhältnissen. Ach ja, als Milliardär hast du's auch nicht gerade leicht. Immer diese Summen im Ohr! Morgen übrigens werde ich der Deutschen Bundesbank ihre Goldvorräte von insgesamt 3400 Tonnen abkaufen, die Feinunze zu 650 Euro. Dafür muß eine Oma lange strikken! Nach dieser Transaktion bleiben mir dann nur noch lumpige fünf Billiarden. Am liebsten würde ich dafür zehn Dutzend Spitzen-Fußballklubs aufkaufen, möchte diese Idee aber vorerst zurückstellen, denn ich brauche die Kohle, um mir auf Bundes- und Landesebene ein paar willfährige Parlamente anzuschaffen. Obwohl das Überangebot an Politikern und Scheinpolitikern am Arbeitsmarkt die Nachfrage übersteigt, läuft der Erwerb von Parlamenten wegen der Ablösesummen immer noch ganz schön ins Geld. Aber was hilft es, ich brauche die Damen und Herren nun mal. Sie sollen mir die Bundeswehr privatisieren, mit der ich demnächst global an Frieden schaffenden Maßnahmen teilzunehmen gedenke, die Aktion soll ganz demokratisch aussehen, aber ich werde natürlich alles fest in der Hand behalten. Zur flankierenden Berichterstattung kauf ich mir ein paar Tausend Journalisten, für Peanuts, zum halben Nulltarif; denn die Radebrecher von der Presse haben stark im Preis nachgegeben, acht Groschen zum ersten, zum zweiten und zum ... dritten!

Merke: Fünf Dinge braucht der Mensch – erstens Geld. Zweitens Geld. Drittens und viertens Geld. Und fünftens: Geld. Wenn es nicht zwanzig Milliarden sind, dann eben bloß neunzehn Milliarden. Soll mir auch recht sein. Ein sparsamer Mensch kann mit zwanzig Milliarden Euro genauso glücklich sein wie mit neunzehn.

Am Fiskus vorbei

Ein Deutscher mit Aktenkoffer nähert sich dem Schalter einer Zürcher Bank, blickt sich verstohlen um und flüstert dem Kassierer zu: „Ich möchte bitte eine Million Euro in bar einzahlen."

„Mein Herr", sagt der Kassierer, „Sie können ruhig laut sprechen, bei uns in der Schweiz muß sich niemand seiner Armut schämen."

Schrumpfrenten-Report

Früher waren wir jung und schön, heute sind wir bloß noch und. Früher war Autofahren teurer als Parken. Früher mußten wir miteinander reden, heute reicht es, wenn wir kommunizieren. Früher mußte der deutsche Rentner bei Mieterhöhungen mehr Miete zahlen und kriegte bei Rentenerhöhungen weniger Rente raus, darum gehören Rentenerhöhungen inzwischen der Vergangenheit an.

Früher war alles ganz anders.

Früher war ich ein junger Heißsporn, heute bin ich

ein alter Sack, und es gelingt mir beim besten Willen nicht mehr, der Jugend ein schlechtes Beispiel zu geben. Schneller als der Schall vergeht die Zeit, neulich hatte ich schon wieder Geburtstag. Ich hab jedes Jahr Geburtstag. Das ist günstig; denn es gibt nichts Gesünderes als Geburtstage. Mathematiker haben festgestellt, und Statistiken beweisen: Die Menschen mit den meisten Geburtstagen leben am längsten.

Ein an und für sich erfreulicher Gedanke …

Einem labilen Charakter kann er aber auch zu Kopf steigen, wie die folgende wahre Begebenheit zeigt. Die Gaspistole im Anschlag, stürmt Oma Regina (70) in eine Berliner Sparkasse und schiebt der Kassiererin einen Zettel durch mit dem Text: „Die Kohle in großen Scheinen, bitte! Bin bewaffnet mit Kanone und Nervengas." Oma Regina erbeutet achttausend Euro. Mit der Millionenbeute englischer Posträuber verglichen, eine eher bescheidene Summe und nur Peanuts in Kreisen der Bestverdiener, für einen Rentnerhaushalt aber ein warmer Regen. Dieser halbkriminelle Weg zur Rentenerhöhung scheint mir in Zeiten der Nullrunden ein Schritt in die richtige Richtung zu sein. Die grauen Panther schlagen zurück. Die Gemäßigten dagegen wählen den Weg der Gewaltlosigkeit und zwingen die Regierung durch kalkulierte Langlebigkeit zu monatlichen Rentenzahlungen, deren Ende gar nicht abzusehen ist.

Johannes „Joopi" Heesters etwa, längst weit über die Hundert hinweg, sang noch vor kurzem im Rampenlicht seine Romanzen, die aber von Jahr zu Jahr mehr die ätzende Schärfe von Protestsongs und Kampfliedern annahmen. Im ewigen Rom mischte sich ein siebzigjähriger hessischer Tenor unter die Straßenmusikanten. Von Beifall umtost, bot dieser Caruso für Arme auf der Piazza Navona ein Potpourri der beliebtesten Operettenarien dar: „Ja, das Schreiben und das Lesen ist nie mein Fach gewesen …" Nach ein, zwei Zugaben nahm er routiniert die Schiebermütze vom Haupt und kassierte ab. „Ich möchte bloß mal wissen", flüsterte er kokett, „ob ich erkannt worden bin."

Aber klar doch! Dieser Heldentenor bleibt nirgendwo lange inkognito, den erkennt jeder Rentner nicht nur an der Stimme, sondern auch am Geruch. Es ist kein Geringerer als Norbert Blüm, der christdemokratische Bonsai-Bebel und Urheber geflügelter Worte, die in Pensionärskreisen für immer und ewig unvergessen bleiben werden. Für ihn war, ist und bleibt die Rente sicher, und es ist sein schönstes Hobby, monatlich seine Politikerpension von mehr als 9000 Euro einzusacken.

Geschichten wie diese schüren allerdings die revolutionäre Stimmung unter den Rentnern beiderlei Geschlechts. Gern schlüpfen diese zwischen Arzttermin und Apothekenbesuch schnell noch bei ALDI rein und drängeln sich mittels Bodycheck und Blutgrätsche rücksichtslos in der Kundenschlange vor. Wenn zufällig gerade eine zweite Kasse öffnet, stürmen sie hier mit härtestem Körpereinsatz direkt an die Pole Position, und wenn es ans Bezahlen geht, rufen sie: „Moment, ich hab's klein ..." und überschütten das Laufband mit Kupfercents aus ihrem schäbigen Portjuchhe. So nehmen sie durch passive Renitenz Rache für die Kränkungen, die eine pappnasige Bevölkerung ihnen in der Karnevalsbütt durch die Verbreitung menschenverachtender Viagra-Witze zufügt: Warum wird im Altersheim eigentlich immer noch Viagra verabreicht? Damit die Schwestern was zum Festhalten haben, wenn sie Opa im Bett rumdrehen müssen.

Aber Spaß beiseite, sonst geht keiner mit zur Beerdigung! Die früher so sanften Urnies und Grufties nehmen längst nicht mehr alles klaglos hin. Sie sind gut aufgestellt und pochen unversöhnlich auf den Generationenvertrag. Mit dem Schlachtruf „Je oller, je doller!" durchkreuzen sie die finsteren Pläne der Regierung. Mit der Kampagne „Du bist Deutschland!“ hätte das Establishment das deutsche Friedhofsgemüse so gern zu kollektiver Selbstentleibung verleitet, das Projekt „Suicid im Team“ jedoch ist wirkungslos verpufft. Auch die konzertierte Aktion der großen Volksparteien, das wachsende Heer der Kukidents mit musikterroristischem Radau jenseits der zweihundert Dezibel, mit Tekkno und Heavy Metal zu zerrütten, kann als gescheitert gelten. Ja, wenn, wie früher, noch Sterbegeld gezahlt würde, könnte es wohl sein, daß der eine oder andere aus Geldgier den Löffel abgäbe …

Ratlos fragt sich die Kanzlerin: Was ist bloß mit den Deutschen los?! Die jungen Leute kriegen keine Kinder mehr, und die grauen Panther vermehren sich wie die Karnickel. Der Vizekanzler tobt: Kuckt euch doch bloß mal die Statistik an, in der UNO-Geburten-Rangliste ist Deutschland neulich sogar schon vom Vatikan überholt worden!

Der Vizekanzler hört auf den klangvollen Namen Münte, stammt aus dem Sauerland, und die Kanzlerin macht die passende Miene dazu. In diesen schweren Zeiten muß ein jeder mitarbeiten. Aus der reiferen Jugend ist nämlich noch viel mehr rauszuholen, und dies geschieht strikt nach der Maßgabe des Grundgesetzes: Die Würde des Menschen ist antastbar!

Jeder muß Opfer bringen, sogar der Vizekanzler. Er immerhin kann mit einer steigenden Pension rechnen, aber viel mehr als bescheidene zehntausend Euro monatlich werden kaum rausspringen. Daher weiß keiner besser als er, wie den zwanzig Millionen deutschen Pensionisten ums Herz ist. Rente einzahlen ist wie Lottospielen, bloß daß beim Lotto die Chance größer ist, daß du am Ende davon leben kannst. Nur einige wenige Jahre noch werden die älteren Herrschaften schrumpfende Renten empfangen, bis die Zahlungen eines Tages sang- und klanglos versiegen und das Stichwort Rente überstürzt aus dem Duden gestrichen wird. Ihr, die ihr jahrzehntelang eingezahlt habt, laßt alle Hoffnung fahren!

Wir müssen sparen, sagt die Kanzlerin, sparen, sparen und nochmals sparen! Das Beste wird sein, wir fangen bei den Alten an, die haben im Sparen die meiste Übung. Das jedoch ist leichter gesagt als getan angesichts des gesteigerten Langlebigkeitsrisikos und der sinkenden Sterbefreudigkeit. Wer keinen Müntefering hat, braucht gar nicht erst anzufangen. Der Franz, der kann's! Er ist ein Meister aus Deutschland, ein Meister des als Nullrunde getarnten kriminellen Minuswachstums. Von der so genannten Eckrente, die der sogenannte Eckrentner früher nach fünfundvierzig Arbeitsjahren erwarten durfte, ist die Hälfte schon ersatzlos verduftet.

Wohin?

Gute Frage ...

Nur soviel, Opa: Es hat keinen Sinn, daß du dem Staatsanwalt dein Leid klagst mit dem laienhaften Aufschrei: „Mein Geld ist weg, mein ganzes Geld ist weg!" Dein Geld ist nämlich gar nicht weg, das hat jetzt nur ein anderer. Sieh mal, du als Rentner bist das Sparschwein der Nation, und dein Pech besteht einfach darin, daß die Regierung die rückläufige Entwicklung deiner Altersbezüge an die rückläufige Entwicklung der Löhne gekoppelt hat. Die sinkenden Niedriglöhne aber werden die unterste Etage der Talsohle erst noch erreichen, darum gilt für die Schrumpfrente die einprägsame Formel: „Ja und nein, multipliziert mit vielleicht, ergibt alles oder nichts." Hauptsache, die Altersarmut ist sicher.

Und weil schon keiner der erwerbslosen Mittdreißiger mehr Aussichten auf eine Arbeitsstelle hat, verkünden die Sozialexperten cool ihre Parole „Arbeiten bis 67!" Oh, sagen die Deutschen, herzlich gern, und wo, bitte? Wo, kann natürlich keiner sagen, spielt auch keine

Rolle. Wichtig ist allein, daß die klapprige Generation sich zwei Jahre länger auf die Rente freuen kann. Das muß, auch wenn es schon keiner mehr hören kann, endlich mal gesagt werden.

Dummerweise werden die Alten immer gesünder! Damit sich dieser verheerende Trend nicht fortsetzt, brauchen wir eine moderne Gesundheitsreform. Die Alten leben einfach zu lange. Entweder langes Leben oder Rente, beides auf einmal geht nicht. Hier stehen auch die Krankenkassen in der Pflicht. Was spricht eigentlich dagegen, daß die Kassen als Sponsoren auftreten und den deutschen Ruheständlern unentgeltlich Zigaretten zukommen lassen, am besten in der Geschenkbox, Feuerzeug dabei und mit freundlichen Grüßen: Sterben mußte sowieso, schneller geht's mit Marlboro.

Der Phantasie sind keine Grenzen gesetzt, auch Kinoreklame kann zielführend sein: Rentner, aufgemerkt! Es sind noch einige Tage, doch die nächste Rentnerfilmveranstaltung findet wieder statt. Diesmal läuft am Montag, dem 22. Mai, um 14 Uhr im Filmtheater am Südfriedhof eigens für Sie der DEFA-Film „Bis daß der Tod euch scheidet".

Im Seniorenlager findet derzeit das überfällige Umdenken statt. Neulich erlauschte ich per Zufall das Gespräch zweier Rentenexperten, das heißt, beide waren Rentner, der eine ein optimistischer, der andere ein mehr realistischer Rentner. Sagt der Optimist: „Mir juckt die Hand, ich glaub, wir kriegen bald ein bißchen mehr Rente ..."

„Und mir", sagt der Realist, „mir juckt der Arsch. Ich glaub, die scheißen uns wieder an."

Die Stunde Null nach Münte

Kaum ist Bundessozialminister Müntefering zurückgetreten worden, klingelt bei ihm zu Hause auch schon das Telefon.

Der Anrufer: „Könnte ich bitte den Herrn Minister sprechen?“

Frau Müntefering: „Mein Mann ist kein Minister mehr.“

In den folgenden fünf Minuten wiederholt sich der Anruf noch zweimal.

Frau Müntefering, mit letzter Selbstbeherrschung: „Ich habe ihnen doch schon dreimal gesagt: Mein Mann ist kein Minister mehr!“

Der Anrufer: „Richtig, gnädige Frau, aber ich kann es einfach nicht oft genug hören!“

Gevatter Hein im Anmarsch

Ich bin ein erbitterter Feind der Gesundheitsreform, denn ich bin zum Sterben noch nicht bereit. Und doch geh ich, wenn meine finanziellen Verhältnisse es gestatten, ganz gern mal für ein Stündchen zum Arzt. Das bißchen Warten macht mir nichts aus. Ich fühle mich schon reich entschädigt, wenn ich ein paar nette Menschen kennenlerne. Manchmal hab ich Schwein und gewinne sogar neue Freunde, mit denen ich unverbindlich ein paar Symptome austauschen kann. Neulich war einer mit Raucherbein dabei. „Alles nur eine Frage der Einstellung“, sagt er. Seit die Zigaretten so teuer geworden sind, betrachte er sein Raucherbein einfach als Statussymbol.

Sobald ich das Wartezimmer betrete, ziehe ich die Blicke der Anwesenden magisch auf mich, Blicke unverhohlenen Interesses, auch Blicke des Mitleids. Die Gründe sind mir bekannt. Ich bin, Gott sei's geklagt, mit einer ausgeprägten Glatze gesegnet. Den Doktor stört sie kein bißchen, der Laie aber macht sich große Sorgen um meine Lebenserwartung. Um die Befürchtungen meiner Leidensgefährten zu zerstreuen, würde ich am liebsten gleich das Wort ergreifen und anfangen, von meiner eisernen Gesundheit zu schwärmen.

Doch ich kann schweigen. Wer sich hinreißen läßt, im Wartezimmer mit seiner Unsterblichkeit zu prahlen, macht sich zwangsläufig unbeliebt und wird zur Strafe hundert Jahre alt. Er kränkt die Kranken und Moribunden, und es findet sich garantiert einer, der in das betretene Schweigen hinein sagt, was unbedingt gesagt werden muß: „Wer sich für gesund hält, ist bloß noch nicht gründlich genug untersucht worden!"

Meine Taktik besteht darin, die Phase des stummen Interesses zu überstehen und einfach abzuwarten, was passiert. Es passiert immer das Gleiche. Mein linker Nachbar fängt an zu hüsteln und sagt: „Naaa, auch das erste Mal hier?"

Als Antwort reicht schon meine Nachfrage: „Und selbst?"

Nun ist der Bann gebrochen.

„Ich hab den Arzt wechseln müssen", klagt er, „mein Hausarzt genießt nicht mehr mein Vertrauen, leider. Wissen Sie, was der zu mir gesagt hat? Sie sind grade noch rechtzeitig gekommen, hat er gesagt. Oh, sage ich, steht es denn so schlimm? Das grade nicht, sagt er, aber morgen wäre es von ganz allein weggegangen."

„Der Doktor", sage ich, „muß eben auch auf sein Geld kommen."

„Der kommt auf sein Geld, verlassen Sie sich drauf! Dafür sorgt schon die Gesundheitsministerin. Wenn die nämlich so weiter macht, kann es passieren, daß sie dem gehbehinderten Hartzi nicht bloß die Stütze kürzt, sondern auch gleich noch die Gehhilfe!"

Das ist starker Tobak, und ein paar Leute horchen staatsnah auf.

„Deutschland hat das beste Gesundheitssystem der Welt!“ sage ich vorsichtshalber. „Alle nur denkbaren Krankheiten sind auf dem Rückzug, man ist versucht zu sagen, sie sind auf der Flucht …“

Er nickt: „Neun von zehn Herzinfarkten sind überflüssig. Manche Leute lassen sich nur krankschreiben, weil sie sich die Gesundheit nicht mehr leisten können.“

„Und umgekehrt!“ füge ich hinzu. „Immer weniger Leute lassen sich krankschreiben. Das ist aber nicht das Verdienst der Ärzte, sondern der deutschen Wirtschaft. Eine Firma muß bloß noch ankündigen, daß sie zehntausend Mann entlassen wird, schon sackt der Krankenstand im freien Fall unter Null. Die Zahl der Krankheitstage ist so stark gesunken, daß die Wirtschaft vergangenes Jahr ein paar Milliarden Euro weniger für die Lohnfortzahlung ausgeben mußte.“

„Dann“, schließt er daraus, „brauchen wir ja vielleicht gar keine Gesundheitsreform …“

„Aber ja, wir können doch nicht alles auf die Wirtschaft abwälzen. Zahlen muß jeder, der Arme ein bißchen mehr, der Reiche ein bißchen weniger, einen anderen Weg zur Zwei-Klassen-Medizin gibt es nicht.“

„Wissen Sie eigentlich“, fragt er, „daß wir die Praxisgebühr demnächst auch immer dann abdrücken müssen, wenn im Fernsehen eine Arztserie läuft?!“

Das ganze Wartezimmer zuckt zusammen in einem Akt kollektiven Erschreckens, denn Arztserien laufen im Fernsehen von null Uhr bis Mitternacht, wenn nicht noch öfter.

Die Schwester erscheint: „Herr Dunast, bitte!“

Widerwillig erhebt sich mein redseliger Freund und bedauert, daß er mich so überstürzt verlassen muß.

Diese Gelegenheit läßt sich mein Nachbar zur Rechten nicht entgehen. Ohne Vorwarnung stimmt er ein

Liedchen an: „Glüüücklich iiist, wer vergiiisst, was nicht mehr zu ändern iiist ..."

Wie der Blitz taucht die Schwester auf. „Pssst, Herr Schneemann, etwas leiser bitte!" Sie wirbt beim Publikum um Verständnis für Herrn Schneemann, der, wie sie andeutet, an einem leichten Alzheimer leide. „Das ist zwar nicht schön", sagt sie, „hat aber den Vorteil, daß der Patient sich die Ostereier selber verstecken kann ..."

Um das Thema zu vertiefen, wendet sich Herr Schneemann an die gesamte Wartegemeinschaft: „Der Doktor hat gesagt, ich soll öfter mal singen."

„Warum denn das?"

„Weil Singen das Immunsystem stärkt."

Dieser Verweis auf schlichte, preisgünstige Selbsttherapien stößt auf allgemeine Zustimmung.

„Bier ist gut gegen Brustkrebs!" behauptet ein Patient, dessen schwergewichtiger Organismus durch Sport noch nicht entstellt ist.

„Rotwein", behauptet sein Nebenmann, „schützt gegen Schuppenflechte!"

„Grüner Tee gegen Bandscheibenvorfall!"

„Obstler gegen Fettleber!"

„Currywurst gegen Bluthochdruck."

„Bulette gegen Osteoporose!"

„Kaugummi gegen Demenz!"

„Spreewaldgurken gegen Rheuma!"

„Ostprodukte schützen gegen Platt-, Senk- und Spreizfuß!"

„Das ist Quatsch", sagt eine hübsche junge Frau. „Aber soviel steht fest: Guter Sex ist gut für die Prostata." Bei dem Wort Prostata errötet sie und fährt tapfer fort: „Junge Männer mit regelmäßigem Sexualleben, mit Orgasmus und allen Schikanen, verringern ihr Risiko, an Prostatakrebs zu erkranken!"

Bis zum letzten Platz ist der Raum besetzt mit Experten, die ein Hausmittel nach dem anderen anpreisen. In der Hitze des Gefechts vergessen sie allerdings, daß Patienten ja auch verpflichtet sind, in gewissem Umfang Tabletten, Pillen, Pastillen, Dragees, Kapseln, Salben, Tropfen und Tinkturen wenn schon nicht anzuwenden, so doch wenigstens zu kaufen. Auch Zäpfchen!

„Gesundheit ist für alle da", sage ich. „Denkt doch auch mal an die Gesundheit der Apotheken! Je mehr Tabletten wir kaufen, desto gesünder sind die Apotheken."

Bevor ich diesen Gedanken vertiefen kann, ruft die Schwester mich auf. Die Wartezeiten in diesem Wartezimmer sind auch nicht mehr, was sie früher mal gewesen sind.

„Na", sagt der Doktor, „wo klemmt denn die Säge?"

„Herr Doktor", sage ich, „ich hab ein Gerstenkorn, hier im linken Auge, können wir dagegen denn gar nichts machen?"

„Aber ja doch", sagt der Doktor, „selbstverständlich! Das behalten wir erst mal im Auge."

Und dann kuckt er mich an und sagt: „Moment mal, junger Mann! Ihr Gesicht kenn ich doch. Waren Sie nicht schon irgendwann mal bei mir?"

„Richtig", sage ich. „Das ist aber schon fünf Jahre her. Und wissen Sie noch, was Sie damals zu mir gesagt haben? Sie haben gesagt, ich hätte bloß noch vierzehn Tage zu leben."

Der Doktor, mißtrauisch: „Ja, und? Wo ist das Problem?"

„Na, hörn Sie mal, wie Sie sehen, lebe ich immer noch. Haben Sie dafür vielleicht 'ne Erklärung?"

„Aber gewiß doch", sagt er. „Sie, mein Lieber, sind einfach falsch behandelt worden."

Alles noch mal gut gegangen

Beim Wandern in den Alpen stürzen ein Schwabe und seine Frau in eine tiefe Gletscherspalte. Drei Stunden verrinnen, dann ruft eine Männerstimme von oben: „Hallo, hallo, hier ist das Rote Kreuz!"

Unsere schwäbischen Mitbürger wie aus einem Munde: „Mir gäbet nix!"

Haben die Deutschen eigentlich Humor?

Satiriker, behauptet Roda Roda, seien in Deutschland überflüssig, der Regierung gelinge es ganz gut allein und ohne fremde Hilfe, sich lächerlich zu machen. Was aber ist mit dem Humor? Haben die Deutschen wenigstens Humor?

Seit wir im Jahre neun nach Christi Geburt müde und abgeschlafft aus der Schlacht im Teutoburger Wald heimkehrten, stellen wir uns diese bohrende Frage immer, immer wieder. Also, was ist, haben wir? Oder haben wir nicht?

Der eine sagt so, der andere so. Der Franzose meint, nein. Der deutsche Humor sei ein irrer Schlankmacher; wer nach ihm suche, müsse weit laufen, bis er ihn am Ende dann leider doch nicht finde. Den deutschen Humor, sagt der Italiener, erkenne man daran, daß es ihn nicht gebe. Und der Brite definiert das Verhältnis des englischen zum deutschen Humor mit britischem Understatement: Der englische Humor soll weiter nichts, als bloß möglichst großen Spaß machen, der deutsche Humor dagegen dient einem weit edleren Zweck, nämlich dem Zwecke der Erheiterung.

In der Tat trifft es zu, daß wir, liebe Deutsche, unseren Humor so ernst nehmen, wie er es verdient. „Das Lachen eines Richters", heißt es in einer Entscheidung des Bundesfinanzhofs, „ist als solches noch kein Grund, die Unparteilichkeit dieses Richters anzuzweifeln. Das Lachen als natürliche Reaktion auf erheiterndes oder abwegiges Vorbringen einer Partei läßt Zweifel an der sachlichen Unvoreingenommenheit des Richters noch nicht aufkommen. Erst wenn das Lachen den Eindruck einer auf Voreingenommenheit hinweisenden Unsachlichkeit entstehen läßt, kann ein Grund für eine Besorgnis der Befangenheit bestehen."

Lachen demnach auch vor und hinter den Schranken des Gerichts – lachen, wo alles weint!

So gesehen, haben wir es faustdick hinter den Ohren. Wir sind stolz auf brüllend komische Comedy-Stars. „Kennen Sie den ‚Barbier von Sevilla'?" – „Leider nein, mein Mann rasiert sich immer selbst."

Wir haben drollige Witzbücher. „Treffen sich zwei Jäger. Beide tot."

Wir zeichnen uns aus durch ein Übermaß an Witzischkeit, um das die Welt uns beneidet. Das Autokennzeichen HBS (für Halberstadt) deuten wir mit Bezug auf den Fahrer als „Hängebauchschwein". WZL (für Wanzleben) heißt „Wanzen, Zecken, Läuse", SLZ (für Bad Salzungen) „Stirb langsam, Zoni!"

Der Humor der Deutschen Post wiederum besteht vor allem darin, daß diese ein Postamt nach dem anderen schließt. An den wenigen Schaltern, die ab und zu überraschend geöffnet werden, bilden sich regelmäßig lange Schlangen, und diese Schlangen sind hinten bissiger als vorn. Die Post aber denkt nicht im Traum daran, zusätzlich weitere Schalter zu öffnen, im Gegenteil, sie setzt stattdessen neuerdings Humoristen ein, die als sogenannte Floor-Manager die frustrierte Kundschaft zu Lachstürmen hinreißen sollen.

Im Vergleich mit der Bahn AG gelingt das vorerst noch allzu selten. Die Bahn AG bietet spitzenmäßiges Komik-Entertainment auf Rädern, Parole: Lachen, bis der Arzt kommt. Preiserhöhungen treffen beim Fahrgast viel pünktlicher ein als im Bahnhof die Züge. Darum lehnt der erfahrene Selbstmörder es schon lange ab, sich bei Wind und Wetter vor den ICE zu werfen und sich vielleicht noch eine Grippe einzuhandeln. Der steigt lieber ein, hofft auf das nächste Eisenbahnunglück und kann nebenbei vielleicht sogar noch fröhliche Dialoge des Schaffners mit dem Fahrgast erleben. Immer wieder kommt es vor, daß eine Dame im besten Alter selbstbewußt eine Kinderfahrkarte zum halben Preis vorweist. „Nanu, meine Dame", sagt in solchen Fällen der Schaffner, „das ist leider nur eine Kinderfahrkarte – wie kommt denn das?!" Die Dame zuckt die Achseln und sagt: „Das kommt davon, daß Ihr Bummelzug zehn Jahre Verspätung hat!"

Wo alles scherzt, möchte die Bundesgesundheitsministerin nicht als humorlos gelten. Hin und wieder trifft sie sich mit Clowns, die in Kliniken ihren Mutterwitz verwerten, indem sie versuchen, jene Patienten zu heilen, an denen die Schulmedizin sich die Zähne ausbeißt. Die Ministerin, eine rheinische Frohnatur, trägt bei solchen Gelegenheiten selbst eine kleidsame rote Pappnase und ruft ausgelassen: „Leute, ihr wißt ja, ich bin verschrieen als die Ministerin, die zuviel lacht!"

Oder nehmen wir eine Stimmungskanone wie den Verteidigungsminister. Er verteidigt die Heimat am Hindukusch und nennt seine Bundeswehr schwärmerisch „die größte Friedensbewegung Deutschlands".

Weil die Arbeitslosenzahlen steigen, vertritt der Arbeitsminister den Standpunkt, die Arbeitszeit jedes einzelnen müsse endlich verlängert werden. Eine Verkürzung, warnt er, wäre verdammt gefährlich; dabei könne es passieren, daß der Arbeitsmarkt aus dem Ruder laufe und zur allgemeinen Überraschung neue Arbeitsplätze entstünden.

Superstar in der Bütt jedoch ist und bleibt der Wirtschaftsminister, ein gelernter Müllermeister aus dem Fränkischen. Ohne ihn hätten wir nichts zu lachen; er ist der Garant der guten Laune. Sobald die Stimmung im Kabinett auf einen Tiefpunkt zu sinken droht, faltet er hurtig Papierflugzeuge und läßt sieauf tieffliegermäßig über dem Kabinettstisch kreisen. Neulich hätte so ein Kamikaze-Jet um ein Haar die Arbeiterführerfrisur des Vizekanzlers zerstört.

Als ihm die Kanzlerin das Ressort Wirtschaft anbot, freute er sich wie ein Schneekönig. Unter dem Begriff Wirtschaft hatte er bis dahin nur eine urige Gast-Wirtschaft mit Weißbier, Weißwurscht und Zitherklang verstanden, darum staunte er nicht schlecht, wie viele Facetten die deutsche Wirtschaft ihm da plötzlich offenbarte: halblegale, kriminelle und als Krönung auch die eine oder andere gesetzliche. In seinem Wirtschaftsmysterium ist er der Erste unter Gleichen. Sein Nothelferkorps schreibt ihm morgens für jeden Arbeitstag auf, wen er anrufen soll und wie die Lobbyisten, die sich zum Kaffee angesagt haben, mit Vor- oder Decknamen heißen. Solange er den Empfehlungen der Experten folgt, ist es gut. Doch wenn er extemporieren muß, wird es gleich ganz ulkig; denn er ist auf dem rechten Auge blind und auf dem linken Auge taub.

Er treibt gern mit Entsetzen Scherz und hat im Überschwang sogar schon mal höhere Löhne für „die Arbeitnehmer im Niedriglohnbereich" gefordert, dafür aber gleich die wohlverdiente Kopfnuß aus dem Arbeitgeberlager empfangen. Und im Suff kann es ihm unterlaufen, daß er den Reichen und Mächtigen mit Vermögenssteuer, Erbschaftssteuer und Enteignung droht. Wie bären-, bärenstark muß die deutsche Wirtschaft sein, daß sie sich diesen Bruder Lustig als Minister leisten kann, daß es ihr trotz alledem gelingt, den Exportweltmeistertitel zu verteidigen!

Vielleicht ist der Wirtschaftsminister aber auch nur

seiner Zeit voraus. Forscher des Instituts für rationelle Psychologie haben herausgefunden, daß Unternehmen, in denen häufig und viel gelacht wird, ganz besonders erfolgreich sind. Spaß muß sein am Standort Deutschland. Lachende Mitarbeiter sind einfach kreativer. Das Wohlbefinden steigt um 71, die Teamfähigkeit um 74, die Leistungsbereitschaft um 16 Prozent, die Fehlerquote sinkt um 47, die Mobbingrate um 56 Prozent, und wenn es ausnahmsweise doch mal zu einer Krankmeldung kommt, dann wegen Zwerchfellüberlastung.

Übrigens geht es gar nicht in erster Linie um intelligentes Lachen der Loriot-Klasse, auch grundloses, sinnentleertes, bescheuertes Gelächter hilft der Wirtschaft. Um dem internationalen Wettbewerbsdruck widerstehen zu können, engagieren immer mehr Firmen Humorberater oder schicken Mitarbeiter, die sich bis dahin nur heimlich über ihren Boss lustig gemacht haben, zu Lachkursen. Dort stellen sich die Kandidaten, von positivem Denken erfüllt, im Kreis auf, klatschen in die Hände und sprechen dem Business-Komiker den zu verlachenden Text nach. Dieser lautet: „Hohohohahaha…“ Bei Lachtherapien, beim Lach-Yoga, beim Beauty-Lachen im Team, im Lachchor „Krumm und schief“ oder in der Kirche des Humors werden schlechte Stimmung, Zumutungen, Kummer und Not einfach fortgelacht. Nur immer froh und heiter, der Lachklub hilft uns weiter! Wer will, kann natürlich auch über Heinz Rühmann lachen. Lachen kann man ja über alles, wenn nur der gute Wille da ist.

Aus dem Wirtschaftsleben

Die Phönizier, behaupten Historiker, hätten das Geld erfunden. Mag sein. Aber, fragen wir, warum eigentlich so wenig?

Auf der einen Seite gibt es immer weniger Geld für immer mehr Leute, auf der anderen Seite immer mehr Geld für immer weniger Leute. Einerseits wäre dieser Trend ein Grund zu verzweifeln, andererseits ist das menschliche Leben viel zu kurz ist für ein langes Gesicht.

Man muß sich also was einfallen lassen und darf nicht in Untätigkeit verharren. Das lehrt die Geschichte vom kleinen Druckereibesitzer. Dieser kleine Druckereibesitzer besitzt, wie der Name schon sagt, eine kleine Druckerei. Nur nützt ihm das wenig, denn kaum einer kommt, um bei ihm was drucken zu lassen. Er macht kaum Umsatz, er verdient fast kein Geld. Aber er ist, erstens, ein mutiger Mann und hat, zweitens, eine künstlerische Ader. Darum geht er in die Offensive und zeichnet sich einen täuschend ähnlichen Siebzig-Euro-Schein. Und er weiß: Solange er noch an seinem Siebzig-Euro-Schein bastelt und der Staatsanwalt nichts ahnt von seinem Glück, droht absolut keine Gefahr. Das wissen wir ja alle, die wir hin und wieder heimlich ein paar Siebzig-Euro-Scheine herstellen.

Erst wenn wir sie in Verkehr bringen, kann es hektisch werden. Darum denkt sich unser Meister: Das Beste wird sein, du schickst den Lehrjungen in die Sparkasse und läßt wechseln, dann wird sich schon rausstellen, wie es weitergeht. Er schickt den Lehrjungen los und holt für den Fall der Fälle vorsichtshalber das Fluchtauto aus der Garage. Die Verfolgungsjagd aber fällt aus mangels Verfolgung. Der Lehrjunge kommt ganz entspannt wieder raus aus der Sparkasse und schwenkt etwas, das von weitem nach Wechselgeld aussieht.

Der Meister frohlockt: „Sag bloß, die ham dir den Siebzig-Euro-Schein jewechselt?!“

„Jawoll, Meesta, hamse anstandslos jewechselt.“

„'n Siebzig-Euro-Schein“, sagt der Meister, „in wat hamse'n den jewechselt, Mann?“

„In een' Dreißig- und een' Vürzig-Euro-Schein.“

Die grüne Hölle

Wir sind umgezogen. Meine Frau hatte lange gezaudert, doch es mußte einfach sein. Es kann der Frömmste nicht in Frieden leben, wenn seine Frau den bösen Nachbarn gut gefällt. Die Leute tuschelten schon hemmungslos über uns und sagten hinter vorgehaltener Hand Sachen, die man normalerweise nur über den Haushalt des Papstes sagt: „Also, sie soll ja sehr, sehr nett sein, aber er – nee!“

So was nervt auf die Dauer, und als Naturfreund hatte ich mir, ehrlich gesagt, auch schon lange ein kleines Häuschen mit großem Garten gewünscht. Wir zogen also um, und zwar in eine Ortschaft, deren Namen ich nicht preisgeben möchte. Vielleicht nur soviel: Frankfurt liegt gleich vor der Haustür, bis zur Insel Norderney ist es ein Katzensprung, den Dresdner Zwinger erreicht man bequem in vierzig Minuten Autofahrt, und am Horizont erheben sich die Schneegipfel der Alpen, erweitert um den Kölner Dom und den Leuchtturm von Hiddensee. Unser Häuschen gefiel mir ganz gut, wenngleich noch dies und das repariert werden mußte, und der Garten mit seinen Apfel- und Birnbäumen hätte gar nicht schöner sein können.

Die Gegend war so extrem rustikal, daß Herr Hoppmann, mein rechter Nachbar, sogar Hühner hielt, Weiße Leghorn, deren verhaltenes Gegacker mir zunächst tolerabel erschien. Mit kleineren Störungen muß man immer rechnen, und Nachbarn sind sowieso ein Kapitel für sich, das ist auf der ganzen Welt so. Der Nachbar, sagen die Nachbarn, ist ein Mensch, der den ausgeborgten Schneeschieber erst zurückbringt, wenn er sich den Rasenmäher ausleiht. Hoppmanns Hahn allerdings hatte terroristische Neigungen. Er war Frühaufsteher und begrüßte allnächtlich lautstark das Wiedererscheinen der lieben Sonne.

Herr Wüppesahl, mein Nachbar zur linken, begnügte sich mit einem einzigen stimmgewaltigen Großpapagei in rotgrünem Federkleid, dessen geräumigen Käfig er bei trockenem Wetter auf seinem Rasen abstellte. Kritisch beobachtete der Vogel meine gärtnerischen Aktivitäten und kommentierte sie von Zeit zu Zeit mit dem Zuruf: „Arschloch!"

Wüppesahl lachte aus vollem Halse. „Machen Sie sich nichts draus", rief er, „der meint das nicht so!"

Diese Sorte Humor war nicht direkt mein Fall, darum fand ich das Verhalten meines Mischlingsrüden Pluto ganz in Ordnung. Sobald Wüppesahl sich zeigte, verbellte Pluto ihn mit größter Ausdauer auch zu Tageszeiten, in denen das Gesetz deutsche Hunde zum Schweigen verpflichtet. Das passte Wüppesahl ganz und gar nicht, mir wiederum paßte nicht, daß er seine Hecke so nah an die Grenze heran gepflanzt hatte, daß sie einen siebenunddreißig Zentimeter breiten Streifen meines Grundstücks beschattete. Auf der anderen Seite ragte die Krone von Hoppmanns Pflaumenbaum weit über den Zaun in mein Hoheitsgebiet herein.

„Reg dich ab", sagte meine Frau, die sich aber schon bald selbst ungeheuer aufregte, und zwar über Wüppesahls Komposthaufen, dessen Düfte und Gerüche Schmeißfliegen und Mistkäfer magisch anzogen; die Unternehmungslustigsten stießen über die Hecke hinweg im Tiefflug bis in unsere Küche vor und warteten geduldig kreisend darauf, daß wir den Kühlschrank einladend für sie öffneten.

Ich begann zu überlegen, was ich persönlich zum gutnachbarlichen Verhältnis beitragen könnte, und mir fiel auch was ein. Von nun an mähte ich am Sonntagnachmittag ohne Rücksicht auf die Bundesrasenmäherlärmschutzverordnung mit knatterndem Benziner lautstark meinen englischen Rasen. Wenn der Wind günstig stand, heizte ich den Grill an und ließ es qualmen, daß es nur so rauchte. Es kam, wie es kommen mußte. Wo Rauch ist, gibt's auch Feuer, Zank und Streit. Um anzudeuten, an welchem Körperteil mir die Proteste vorbeigingen, verschärfte ich die Gangart und stellte einen Gartenzwerg auf, Motiv Gregor Gysi überlebensgroß, mit erigiertem Stinkefinger. Hoppmann konterte mit einem Gartenwichtel, der seinen purpurroten Mantel nach links und rechts schweinisch geöffnet hielt. Weithin grüßte sein entblößtes Zentralorgan – ein Hartbrand-Exhibitionist im Blößenwahn.

Das war für mich so natürlich nicht hinnehmbar.

Entschlossen kaufte ich fünf Kilo reinen Bienenhonig und bestrich im Schutze der Nacht Türen und Fenster des Hoppmannschen Eigenheims, das am nächsten Morgen von Bienenvölkern und Wespenschwärmen regelrecht belagert wurde. Hoppmanns Familie traute sich nicht mehr an die frische Luft, sogar die Feuerwehr rückte aus. Als am Pflaumenbaum die Früchte reiften, machte ich einen Versuch zur gütlichen Einigung. Ich sägte den in meinen Luftraum hereinragenden Ast millimetergenau über der Grenze ab und schleuderte ihn auf Hoppmanns Anwesen. Diese Aktion des guten Willens beantwortete Hoppmann, indem er dazu überging, direkt an der Grundstücksgrenze stinkende Zigarillos der Marke Jagdkammer zu rauchen.

Als der Herbstwind das Laub aus Wüppesahls Garten herüberwirbelte und meine Dachrinne samt Fallrohr hermetisch verstopfte, war bei mir der Riemen runter. Die Sache mußte zu Gericht. Glücklicherweise hat man heutzutage im Fall des Falles die freie Auswahl aus ganzen Heerscharen unterbeschäftigter Anwälte, die sich mit Güteterminen ehrenamtlicher Schlichter nicht lange aufhalten, sondern gegen eine angemessene Gebühr knallharte Klagen beliebigen Umfangs aufsetzen. Auch für die Gegenpartei Hoppmann & Wüppesahl fand sich auf die Schnelle ein Rechtsverdreher, der mit seiner schmutzigen Phantasie das Gericht gegen mich einzunehmen versuchte.

Leider mit einem gewissen Erfolg.

Seit dem Urteilsspruch darf mein Hund Pluto zwar noch bellen, jedoch nur zwischen acht und dreizehn sowie zwischen fünfzehn und neunzehn Uhr, und nicht mehr nach Belieben, sondern täglich nur maximal dreißig Minuten insgesamt und nicht länger als zehn Minuten am Stück. Im Gegenzug darf Wüppesahl seinen Vogel nur zwischen neun und zwölf sowie zwischen dreizehn und neunzehn Uhr im Freien abstellen, und der angeklagte Papagei muß sich beleidigender Äußerungen gegen meine Person enthalten. Mit besonderer Strenge ging der Richter gegen Hoppmanns Hahn vor. Nach dem ergangenen Urteil darf dieser an Wochentagen erst ab acht Uhr, am Wochenende sowie an staatlichen und kirchlichen Feiertagen sogar erst ab neun Uhr krähen, und das Hohe Gericht setzte eine akustische Limitierung der Hahnenschreie auf fünfzig Dezibel fest, was dem Geräuschpegel eines Restaurants ohne Musikeffekte entspricht.

Die Gerichtsaffäre trug nur wenig zur Verbesserung des allgemeinen Klimas bei. Wüppesahls Papagei belegte mich schon am Morgen nach der Urteilsverkündung mit übelsten Injurien. Um nicht nur dem Recht, sondern auch dem Gesetz zum Durchbruch zu verhelfen, versuchte ich es mit einem Warnschuß aus meinem Luftgewehr. Wirkungslos prallte die Kugel von seinem Gefieder ab. Mein Hund Pluto begann wütend zu bellen. Wüppesahl erschoß ihn mit seinem Revolver, und ich hatte nicht einmal Zeit zu fragen, ob Wüppesahl überhaupt im Besitz eines Waffenscheins sei. In diesem Augenblick meldete sich Hoppmanns Hahn mit einem ohrenbetäubenden Kikeriki zu Wort, das fünfzig Dezibel weit überstieg. Dies war sein letzter Seufzer; denn mein Schuß war gut gezielt. Daraufhin ergriff Hoppmann seinen Spaten und schlug mich krankenhausreif.

Gleich nach der Entlassung aus dem Krankenhaus beschaffte ich mir eine preiswerte Maschinenpistole, der internationale Waffenhandel machte es möglich. Auf Hoppmanns Erscheinen mußte ich nicht lange warten. Ohne Anruf beharkte ich ihn mit einem kurzen Feuerstoß. Hinter der Hecke lauerte Wüppesahl und gab ihm Feuerschutz mit seinem nagelneuen schweren Maschinengewehr. Mit letzter Kraft, wenngleich getroffen und verletzt, nahm ich Wüppesahl unter Dauerfeuer. Und dann wurde es plötzlich ganz, ganz still …

Seitdem sind wir drei mausetot.

Schade eigentlich. Denn jede Leiche ist eine Leiche zuviel. Nach Lage der Dinge war dieser tragische Ausgang aber leider nicht zu vermeiden. Man kann sich doch nicht alles gefallen lassen, gell! Als deutscher Kleingärtner kriegst du dein Recht nur, wenn du tapfer dafür kämpfst. Deine lieben Nachbarn tanzen dir ja sonst auf der Nase rum!

Schadenersatz

Mittagspause im Amtsgericht. Ein Rechtsanwalt und ein Staatsanwalt vertreten sich im Stadtpark ein bißchen die Beine. Plötzlich stürzt ein junger Mann mit Kurzhaarfrisur und Bomberjacke atemlos auf die beiden zu. „Ihr Hund“, wirft er dem Rechtsanwalt vor, „hat mir grade eben meine gute Hose zerfetzt!“ Obwohl die Hose im Bestzustand ist, überreicht der Rechtsanwalt ihm anstandslos zwei Hundert-Euro-Scheine für den Kauf einer neuen Hose. „Moment mal“, sagt der Staatsanwalt, „seit wann haben Sie denn einen Hund?“

Der Rechtsanwalt: „Ich habe überhaupt keinen Hund, aber man kann ja nie wissen, wie die Gerichte entscheiden.“

Der Anschluß lauert überall

Zu den Sitten und Gebräuchen des vergangenen Jahrtausends gehörte, daß die Leute einander Briefe, Karten und Telegramme sandten und sich gegenseitig in zeitraubende Mund-zu-Mund-Plaudereien über Wetter, Fußball und Klatsch aller Art verstrickten. Inzwischen sind wir zu fortschrittlicheren Methoden übergegangen. Vom heimischen Sofa aus simsen und sumsen wir hektisch in alle Himmelsrichtungen. Die Welt ist klein geworden, Neuseeland liegt gleich nebenan. Pausenlos versenden wir elektronische Botschaften, die die Welt nicht braucht: „Schon gelandet?“ Oder: „Stell dir vor, Vanessa, bei uns ist das Wetter heiter bis wolkig!“ Oder: „Heute nacht muß mit zunehmender Dunkelheit gerechnet werden!“

Die Errungenschaften der Fernsprechtechnik verkörpern genau den Fortschritt, den wir uns nicht kleinreden lassen, schon gar nicht von den alten Knackern mit den linken Pfoten, denen die Händytasten zu klein sind. Jedes Bedienmenü ist für sie ein Buch mit sieben Siegeln. Nur die Tolerantesten lassen das Händy gelten, und das auch nur als Sportgerät in der Disziplin Händyweitwurf. Elegant geht die Industrie darüber hinweg und versetzt das ganze Friedhofsgemüse in Furcht und Schrecken, indem sie immer winzigere Apparate mit immer winzigeren Tasten herstellt. Außerdem sind die

Kukident-Kunden sowieso bloß Wenigtelefonierer und für jeden Anbieter von vornherein Zielgruppe null.

Bei uns Phonies ist das anders. Mein Nachbar Mittelsmann etwa hat zwölf verschiedene Telefonnummern, damit er sich ständig verwählen kann, wenn er die restlichen drei Mitglieder seiner vierköpfigen Familie abmahnen will. In Malaysia können Männer sich per SMS sogar scheiden lassen; es reicht völlig, die Scheidungsformel „Ich verstoße dich!“ in dreifacher Ausführung an das Händy der Ehefrau zu simsen. In Südafrika sind die Hinterbliebenen nicht ohne weiteres bereit zu glauben, daß Opa tatsächlich entschlafen ist; sie argwöhnen, er sei durch Voodoo-Zauberei oder groben Unfug vielleicht bloß verhext. Darum legen sie dem Scheintoten vorsorglich ein Händy in die Kiste, damit er sich im Fall des Falles akustisch bemerkbar machen kann.

Aus all diesen Gründen laß ich mir mein Händy nicht madig machen, versucht es gar nicht erst, Herrschaften! Ich kann damit nicht nur telefonieren, sondern auch fotografieren, und wenn es vielleicht doch mal kaputt geht, bin ich immer noch auf der sicheren Seite, weil ich außer dem Händy einen Fotoapparat habe, mit dem ich auch telefonieren kann. Was wäre mein Leben ohne Telefon! Allerdings ist es auch mit Telefon manchmal nicht einfach. In letzter Zeit fühle ich mich recht einsam. Allzu viele Freunde hatte ich nie, denn ich bin Anlageberater. Seit der Hund tot ist, habe ich, ehrlich gesagt, überhaupt keinen Freund mehr, außer dem Auto vielleicht.

Diese Lücke füllt mein Telefon, so gut es geht. Seit die Möglichkeit besteht, sonntags gratis anzurufen, telefoniere ich gern ein bißchen in der Weltgeschichte herum. Falls die Leute zu Hause sind, sage ich höflich: „Pardon, falsch verbunden!“ Oftmals jedoch meldet sich der Anrufbeantworter, dessen Ausführungen ich geduldig lausche: „Hier ist der Anschluß North Cothelstone Hall, allerdings nur der Butler. Lord und Lady Hescoth-Thortescue sind leider nicht momentan ..." Oder: „Hier ist das Zentrum des Wissens und der Macht. Sie haben das Recht zu schweigen; andererseits kann alles, was Sie sagen, vor Gericht gegen sie verwendet werden!" Oder: „Hier Erzbistum Paderborn, kirchliche Zentrale für Sündenerlaß. Unsere Beichtstühle sind zur Zeit alle belegt, beichten Sie bitte nach dem Piepton ..."

Solche Gespräche helfen mir über das Gröbste hinweg; denn es kommt vor, daß mein Telefon tagelang schweigt. An solchen Tagen könnte mich sogar der Anruf eines Politikers wie Franz Müntefering bis zu einem gewissen Grad erfreuen. An Tagen wie diesen suche ich Trost in einem Lied: „Kein Schwein ruft mich an, keine Frau interessiert sich für mich ..."

Dieser melancholischen Melodie scheint Zauberkraft innezuwohnen; denn es passiert öfter, daß mein Apparat bimmelt, noch bevor ich die erste Strophe vollendet habe. Schleimig ruft eine aufgedrehte Stimme: „Herzlichen Glückwunsch! Sie haben an unserem Gewinnspiel teilgenommen und ... gewonnnnnnen! Ihr Geburtsdatum war zugleich Ihre persönliche Glückszahl, nun steht eine große Geldsumme für Sie bereit. Um Ihren Gewinn abzurufen, drücken Sie bitte die Taste Null ..."

Mit dieser Gewinnwarnung ist das Eis gebrochen. Durchaus möglich, daß ich schon fünf Minuten später das zweite Mal gewinne, diesmal beim Lotto-Dienst: „Sehr geehrter Herr Mumpitz, Sie sind ein Glückspilz! In der kommenden Woche dürfen Sie bei uns unentgeltlich Lotto spielen. Bitte nennen Sie Adresse und Ihre Konto-Nummer ... jetzt!"

Anruferinnen mit erotischer Stimme haben es leicht, mich in ein Gespräch zu verwickeln. Das Telefon läutet:

„Mumpitz."

„Herr Tristan Mumpitz?"

„Richtig. Worum geht es?"

„Lieber Herr Mumpitz, ich gehe mal davon aus, daß Sie gern in Urlaub fahren würden ...“

„Nö.“

„Nö?“

„Nö!“

„Na, dann nichts für uncool!“

Die Damen vom Call Center, egal ob vom Up & Cross Selling, vom Help Desk oder vom Customer Care Service, führen im Auftrag von Finanz-Dienstleistern, Anlage-Experten und sonstigen Ganoven Tag für Tag telefonische Qualitätskontrollen und Machbarkeitsstudien durch und bieten außer Hauptgewinnen auch so manchen Trostpreis an, den mein Herz machtvoll begehrt, die Käthe-Kruse-Puppe „Clara“ etwa, den Kösener Plüsch-Braunbär oder den nostalgischen Fernsprechapparat W 48 in Schwarz. Ich kenne Leute, denen fernmündliche Angebote auf die Nerven gehen. Diese sollten ihre Vorurteile revidieren und nicht vergessen, daß jedes Klingeln des Apparats im Glücksfall auch mal eine freudige Überraschung bedeuten kann.

Neulich kurz vor Mittag klingelt es bei mir. Ich melde mich mit „Hallo?“ Kurzes Zögern, dann sagt eine angenehm klingende weibliche Stimme: „Du kannst jetzt losgehn, das Essen ist gleich fertig.“

Ich höre die Stimme zum ersten Mal und muß schon sagen, sie hat das gewisse Etwas.

„Ich fürchte, Sie haben sich verwählt“, sage ich.

„Oh, das ist mir jetzt aber peinlich. Pardon, soll nicht wieder vorkommen.“

Schade.

Eine Minute später. Mein Telefon klingelt. „Ich bin es, Schatz! Ich wäre jetzt soweit, das Essen ist gleich fertig.“

„Und was gibt's?“

„Ach“, sagt sie. „Sie schon wieder!“

„Was gibt es denn, wenn ich fragen darf?“

„Spargel mit holländischer Soße.“

„Mein Leibgericht! Hoffentlich haben Sie nicht so holzige Stangen erwischt wie ich letzte Woche."

„Wo denken Sie hin, auf so was achte ich."

„Ich höre schon, Sie sind die perfekte Köchin ..."

Das Kompliment ist mir gelungen.

„Wissen Sie was", sagt sie entschlossen, „ich lade Sie ein. Kommen Sie doch einfach rum!"

„Danke, mach ich gern."

„Ja, mach dat", sagt nun eine Männerstimme, „du bist willkommen, mein Freund. Dat is beim Dom gleich um die Ecke."

„Bei welchem Dom?"

„Na, bei welchem Dom denn wohl! Beim Kölner Dom!"

„Ach ..."

Er, mißtrauisch: „Von wo rufst du an, mein Freund?"

„Ich rufe gar nicht an, Ihre Frau hat angerufen, ist aber falsch verbunden worden ..."

„Keine Einzelheiten!" sagt er. „Von wo rufst du an?"

„Aus Berlin."

„Pech für dich, mein Junge, bis du hier eintrudelst, ist dat Essen kalt."

Wie gesagt ... Klein ist sie geworden, die Welt, Neuseeland liegt gleich nebenan, von Köln ganz zu schweigen. Und trotzdem geht manchmal was schief. Das Händy hat meistens gar keine Schuld, manchmal liegt es einfach bloß am Wohnort.

Das herrenlose Damenrad

Rosi Stolle war schon seit Wochen so recht von Herzen unglücklich. Die Heinickes, ihre Nachbarn, hatten in der Staatsoper geweilt, Mozart, glaube ich, sie mit Stola, er in schwarzem Anzug mit Trend zum Smoking. Die Karten hatten sie in der Tombola gewonnen. Nachbarin

Heidi Heinicke schwärmte tagelang von den tollen Stimmen und fabelhaften Kostümen. Otfried dagegen, auf gute Nachbarschaft bedacht, machte das Opernwesen madig nach Strich und Faden. „Oper“, sagte er, „ist stark gewöhnungsbedürftig, Rosi, Oper ist, wenn du mit dem Dolch im Rücken nicht blutest, sondern singst.“

Ein schwacher Trost für Frau Rosi Stolle. Seit Wochen versuchte nun auch sie, ihren Mann zu Opernbesuchen zu überreden, als Einstieg vielleicht erst mal ein wenig Kuschelklassik oder so was wie den Gefangenchor von Neubukow. Erfolg jedoch war ihr fürs erste nicht vergönnt. Bei Opern, mäkelte Stolle, störe ihn einfach die viele Musik.

„Dann eben Theater“, beharrte Rosi.

„Theaterstücke enthalten für meinen Geschmack nun wieder zuwenig Musik“, sagte er, außerdem sei Theater genau derselbe Volksbetrug, bloß eben ohne Musik, und die Regierung gebe dafür sowieso viel zuviel Geld aus.

Frau Stolle beschloß, am nächsten Sonntag sein Leibgericht zu bereiten, Sauerbraten nach Art seiner Mutti. Bei dieser Gelegenheit hoffte sie einen Schritt weiterzukommen in Richtung Hochkultur. Mit solchen Hintergedanken machte sie sich stadtfein für den Wochenendeinkauf. Die Gartenpforte quietschte in den Angeln, als sie ihr neues Fahrrad hindurch schob. Ein peinliches Geräusch. Wie oft hatte sie ihren Mann nicht schon gebeten, dem Mangel mit drei Tropfen Öl abzuhelfen.

Rosi Stolle stellte das Rad in Startposition und ... erschrak. Gerade noch rechtzeitig war ihr eingefallen, daß sie das Wichtigste fast vergessen hätte – das neue Kettenschloß! Dabei hämmerte Hartmut ihr doch täglich ein, das Fahrrad immer anzuschließen! „Immer“, sagte er, „und wenn ich immer sage“, sagte er immer, „dann meine ich auch immer: Immer!“

Ohne das robuste, kompakte, unknackbare Schloß

beim Kaufmarkt vorzufahren und das Rad dort ohne Sicherung seinem Schicksal zu überlassen, wäre der helle Wahnsinn. Man hörte in letzter Zeit soviel Schlimmes über Mein und Dein und kriminelle Selbstbedienung. Der Verlust irgendeines beliebigen rostigen Drahtesels wäre vielleicht zu verschmerzen, bei ihrem neuen Rad aber handelte es sich um eine moderne Achthundert-Euro-Maschine mit Gelsattel, sieben Gängen, Kilometerzähler und chromblanken Felgen.

Frau Stolle wendete auf der Stelle, lehnte das Fahrrad an den Gartenzaun und flitzte ins Haus. Vor dem Korridorspiegel verharrte sie für einen Augenblick. Verliebt lächelte sie sich zu, toupierte hastig ein paar Schwachstellen der Frisur, griff das Kettenschloß, warf einen Blick in den Kühlschrank, stellte fest, daß die Bio-Eier zur Neige gingen, zog den Einkaufszettel aus der Einkaufstasche und notierte: „Bio-Eier“.

Das Ganze dauerte drei Minuten, maximal vier, und trotzdem …

Das Rad war weg!

Am Horizont, in drei-, vierhundert Meter Entfernung strampelte ein einsamer Pedaleur im Wiegetritt dem S-Bahnhof entgegen. Der Täter? Oder vielleicht doch eher nicht? Im Fernsehen versäumte Frau Stolle keine „Tatort“-Sendung, daher kannte sie sich aus mit dem Seelenleben der Ganoven. Der flüchtige Täter, kombinierte sie, wäre gewiß blitzschnell aus dem Blickfeld seines Opfers verduftet und kurzerhand in die nächste, beste Nebenstraße eingebogen, rechtsherum in die Konrad-Weiß-Straße oder linksherum in die Prof.-Ludwig-Güttler-Allee. Jede Verfolgung war sinnlos. Ohne Zeit zu verlieren, griff sie zum Hörer und erstattete Anzeige gegen Unbekannt. Sie war dabei sehr, sehr aufgeregt, und der Polizist am anderen Ende der Leitung gab sich Mühe, sie zu beruhigen: „Wissen Sie denn noch, wo genau Sie Ihr Rad vergessen haben?“

„Ich habe mein Rad nicht vergessen", rief Frau Stolle entrüstet in den Hörer, „es ist mir geklaut worden!"

Dieser Protest konnte den Polizisten nicht aus der Fassung bringen. Umständlich berichtete er von einer reizenden älteren Dame, die zum Gottesdienst gefahren war und ihr Auto, wie sie beteuerte, vor dem Haus Goethestraße sieben geparkt hatte. Nach beendetem Gottesdienst hätte sie das Auto in der Goethestraße dann aber nicht mehr vorgefunden und gleichfalls Anzeige gegen Unbekannt erstattet. „Nach einem Vierteljahr", sagte der Polizist, „haben wir den vermißten Kleinwagen dann endlich entdeckt, geschlagene drei Monate später, und nun raten Sie mal, wo, Frau Stolle! Nicht in der Goethestraße, sondern vor dem Haus Schillerstraße sieben! Und wie kann so was passieren, liebe Frau Stolle? Na, wie schon! Die alte Dame liest gerne mal ein gutes Buch und geht öfter mit ihren Freundinnen ins Café, und da streiten sie sich dann bei Kaffee und Kuchen über das Thema: Wer war größer – Schiller oder Goethe?"

Als Stolle von der Arbeit nach Hause kam, war der Teufel los. Zerknirscht, schluchzend und schniefend beichtete die kleine Frau Stolle ihre Sünden. Stolle klatschte sich mit voller Wucht die flache Hand vor die Stirn. „Das kann doch nicht wahr sein!" rief er im Sekundentakt. „Das kann doch nicht wahr sein!" Gerade eben noch habe er dem Schöpfer im stillen dafür gedankt, daß er, Stolle, an diesem Tag weder abgezockt noch beklaut worden wäre, nicht beraubt, erwürgt, erschlagen, erstochen, erschossen oder vergewaltigt … „Und nun das! Das kann doch nicht wahr sein …"

„Hartmut", flüsterte Frau Stolle unter Tränen, „das Ganze hat keine zwei Minuten gedauert, maximal drei, und trotzdem …"

„Aber hör mal, Mädel, liest du denn keine Zeitung? Weißt du nicht, was los ist heutzutage?!" Heutzutage, so Stolle, würden sogar schon Diebe bestohlen! Betrüger betrogen! Mörder ermordet! Bankräuber von Bankräubern beraubt! Kinderschänder von Kinderschändern geschändet! „Und die Polizei, die hält sich vornehm aus allem raus!"

Das Telefon klingelte.

Frau Stolle erstarrte. War sie das etwa schon, die Polizei? Die Freunde, die Helfer? Bestimmt hatten sie das Rad gefunden, hoffentlich unbeschädigt, vielleicht hatten sie sogar schon den Täter erwischt ...

Es war nicht die Polizei.

Es war Nachbar Heinicke. „So langsam wird's duster, Rosi. Aber vielleicht willst du dein neues Rad ja gern draußen stehen lassen. Wenn morgen früh zwei Räder da stehen, schenk mir einfach eins davon."

Frau Stolle brachte kein Wort heraus.

„Hallo!" rief Heinicke. „Hallo, Rosi! Bist du noch dran?"

„Ja, doch, ja, doch", jubelte Frau Stolle. „Du bist ein Schatz, Otfried, fühl dich von mir zu Boden geknutscht!"

Das Rad lehnte unbeschädigt am Gartenzaun, und im Drahtgeflecht des Einkaufskörbchens, das am Lenker angebracht war, lag ein geheimnisvoller Briefumschlag. Stolle öffnete ihn. Der Umschlag enthielt zwei Theaterkarten und einen Computerbrief, den der Verfasser in augenfreundlich großer Sechzehn-Punkt-Schrift ausgedruckt hatte. Das Schreiben hatte folgenden Wortlaut:

Herzlichen Dank, liebe unbekannte Freunde, und pardon, pardon, pardon! Ich habe dringend Ihr Fahrrad gebraucht, um meine Bahn noch zu erreichen. Dank Ihrem quasi herrenlosen Rad – oder, falls Ihnen das lieber ist, Ihres herrenlosen Rades – habe ich meine Bahn wider Erwarten doch noch geschafft und war pünktlich zur Probe in meinem Theater. Also, nichts für ungut! Ich hoffe auf Ihr Verständnis und möchte, daß Sie die beiliegenden Eintrittskarten für unser Kriminaltheater als kleines Dankeschön annehmen. Unser Stück heißt ‚Der

Händymord' und ist seit Wochen ausverkauft. Ich spiele selber mit, man sieht sich, tschüssikowski!!! Der Micha

Stolle atmete tief aus: Schwein gehabt! Alles noch mal gut gegangen …

Glückstrahlend umarmte Frau Stolle ihren Mann und schob das neue Rad nicht, wie bisher, in die Garage, sondern vorsichtshalber in den Hausflur. Dann telefonierte sie mit der Polizei und zog ihre Anzeige zurück.

Stolle öffnete, um seine Erregung ausklingen zu lassen, eine Flasche Bier. Theater, dachte er bei sich, na ja, warum nicht doch mal ins Theater?! Geschenkte Eintrittskarten haben schon viele Banausen bewogen, Vorurteile gegen die Bühnenkunst zu überwinden. Allerdings verursachte dieses Kartengeschenk immerhin doch auch ein paar Kosten; denn Frau Stolle ging zur Feier des Tages selbstverständlich zum Friseur.

Sie waren spät dran und zwängten sich in allerletzter Minute zu ihren Plätzen durch. Stolle zog den Besetzungszettel aus dem Programmheft, setzte die Brille auf und versuchte unter den Namen der Mitwirkenden einen Schauspieler namens Micha zu entdecken. Bei den Hauptrollen fand sich kein Micha, und bevor Stolle in den Gefilden der Nebenrollen und Knallchargen fündig werden konnte, verlosch das Licht. Die Vorstellung begann. In der schwarzen Finsternis der Bühne dudelte klagend ein einsames Händy …

Das Stück ‚Der Händymord' spielte in einem neumodischen Call-Center, wo eines dieser reizenden Call-Girls heimtückisch ermordet wird. Mord aus Eifersucht? Oder sollte etwa der junge, gut aussehende Fernsprechtechniker der Täter sein? Der Kommissar nimmt ihn in die Mangel. Der Verdächtige wird weich und gibt zu, er hätte den Beruf eines Mechatronikers erlernt. Das macht ihn zusätzlich verdächtig, weil der Kommissar von einer solchen Berufsbezeichnung noch nie gehört hat.

Mechatroniker, dachte Stolle, na, Hilfe, auch so ein ausgefallener Beruf!

In der Pause warf auch Rosi Stolle neugierig einen Blick ins Programmheft. „Welcher", sagte sie, „ist denn nun eigentlich unser Micha?"

„Kombiniere", sagte Stolle, „es ist der Mechatroniker! Der Mecha, der Micha …"

Das hielt auch die festlich gestimmte Frau Stolle für denkbar. Im Foyer jedoch ließ sich weder der Micha noch der Mecha blicken, und Stolle wagte nicht, ihn hinter der Bühne zu behelligen. Am Schluß der Vorstellung würde sich schon alles finden. Nach der Pause aber nahm das Stück einen überaus beunruhigenden Verlauf. Ein herrenloses Damenrad war geklaut worden. Der anonyme Täter brachte es unbeobachtet zurück, bat in einem Brief mit einer fadenscheinigen Legende um Verständnis und hatte „als kleines Dankeschön" zwei Theaterkarten beigefügt... Während die so reich Beschenkten im Theater nichts Böses ahnend der Kriminalhandlung folgten, räumten Gängster ihr verwaistes Eigenheim aus.

Stolle überlief es eiskalt. Jetzt half nur noch Beten. Kurz entschlossen wandte er sich seiner Frau zu und flüsterte atemlos: „Wir gehen!"

„Aber warum denn?"

Stolle duldete keinen Widerspruch. „Ab, schnell nach Hause, und das ein bißchen dalli!"

Auf der Rückfahrt holte er aus dem Auto das Äußerste heraus, Blitzer der Verkehrspolizei erleuchteten seinen Weg. Doch leider … Der Bewegungsmelder war zerstört, das sah Stolle auf den ersten Blick. Und den Rest konnte er sich denken. Mit dem Kuhfuß hatten sie die Fenstertür zur Terrasse geknackt. Flachbildfernseher, Videogerät, DVD-Player, Computer, Farbdrucker – alles verschwunden! Auch die Vase aus Meißner Porzellan, ein Erbstück von Tante Paula. In der Innentasche ihres Wintermantels hatte Frau Stolle neunhundert Euro in frisch gepreßten Fünfzig- und Hundert-Euro-Scheinen aufbewahrt. Dieses Bargeld hatte die Bande ebenso erbeutet wie die kostbare weißgoldene Halskette, die sie an der türkischen Riviera erschachert hatte. Und vor allem war das schöne neue Fahrrad mit Gelsattel und sieben Gängen zum zweiten Mal geklaut! Diesmal vielleicht für immer.

Die kleine Frau Rosi Stolle ließ ihren Tränen freien Lauf.

Ratlos stand Stolle in der Mitte des Zimmers herum, den Blick finster auf die schluchzende Ehefrau gerichtet. Gewaltig war sein Zorn auf die gottverdammten Einbrecher, doch hatte nicht vielleicht auch seine Frau Schuld auf sich geladen? Hatte denn nicht sie ihm mit ihrem sträflichen Leichtsinn diesen Einbruch überhaupt erst eingebrockt?! War dies vielleicht sogar der Anfang vom Ende ihrer Ehe, egal ob die Versicherung nun zahlte oder nicht? So was, dachte Stolle, kommt davon, wenn Ehefrauen zu hoch hinaus wollen, wenn sie anfangen, von der Kunst zu schwadronieren, vom Theater und von der Oper, von Tenören und jugendlichen Liebhabern! Die Kunst bringt sie zwangsläufig auf dumme Gedanken, darauf warten diese Kriminellen doch bloß …

Um ihren Willen zur Wiedergutmachung zu demonstrieren, begann die kleine Frau Stolle das Wohnzimmer aufzuräumen.

„Stop!" befahl Stolle. „Hände weg! Hier wird nichts angerührt! Erst wenn die Spurensicherung die Spuren gesichert hat."

Rosi Stolle erstarrte. Sie war zur Untätigkeit verurteilt, sie schlug die Hände vors Gesicht und wollte bis an ihr Lebensende nur noch weinen.

„Die Regierung", sagte Stolle, um seine Frau zu trösten, „gibt einfach zuviel Geld fürs Theater aus, Rosi! Das Geld wäre bei der Polizei wirklich besser angelegt."

Die moderne Ehe

So etwa funktioniert sie, die moderne Ehe: Die Frau kocht jeden Tag das Essen, und der Mann muß es jeden Tag runterwürgen. Diesem Verhaltensmuster können die beiden natürlich nur gerecht werden, wenn sie ihre eheliche Harmonie bewahren wie einen Schatz. Darum hier in aller Kürze die Bedingungen für beispielhafte eheliche Harmonie:

Erstens. Der Mann muß treu sein.

Zweitens. Der Mann muß humorvoll sein.

Drittens. Der Mann muß sexy sein.

Viertens, und dies ist das Allerwichtigste: Die drei Herren dürfen sich niemals direkt begegnen.

Vom Leben nach dem Tode

Herr Schultz und Frau haben im tiefverschneiten Harz einen wirklich wunderschönen Winterurlaub verbracht. Sie sind bestens erholt, speziell Wolfgang Schultz sieht aus wie das blühende Leben. Aber der schönste Urlaub geht einmal zu Ende. Schultz begleicht die Hotelrechnung mit seiner EC-Karte, das heißt, er versucht es, der Zahlapparatismus jedoch speit seine Karte angewidert aus: Ungültig!

So was kommt vor.

„Vielleicht", mutmaßt die junge Dame an der Rezeption, „haben Sie die Geheimzahl falsch eingetippt ..."

„Vielleicht", räumt Schultz ein, „so was kann vorkommen."

Hochkonzentriert wiederholt er den Vorgang, und wieder verschmäht der Apparat seine Karte.

Wieso? Weshalb?

„Drei Schuß hat jeder", sagt Schultz.

Doch auch der dritte Versuch mißlingt. Was steckt

dahinter? Wie alle Kreditinstitute, sperrt auch seine Bank die Karte nach dem dritten Fehlversuch. Nun wird es eng. Nach einer Woche Harz ist von seinem Bargeld nicht mehr viel übrig. Schultz ist zwar seit kurzem staatlich anerkannter Rentner, doch aus alter Gewohnheit läßt er im Urlaub immer noch die Puppen tanzen, Devise: Leben und leben lassen! Er hat die teuren Weine nicht gescheut und nach dem Essen aus gesundheitlichen Gründen den leckeren, feuerroten Kräuterschnaps auffahren lassen, der seiner Frau so großartig mundet, ein Spitzenerzeugnis der Region übrigens: Delikat und herzhaft fein schmeckt der Schierker Feuerstein ... Und nun schliddert er plötzlich und unvermutet ohne eigene Schuld in eine Finanzkrise hinein. Dabei hat er nie im Leben seinen Gläubigern auch nur einen Pfennig vorenthalten und immer pünktlich die Alimente bezahlt.

Die junge Dame an der Rezeption ist die Ruhe selbst. Schultz allerdings kriegt allmählich die große Flatter. Ratlos hebt er die Hände und weist entrüstet seine Brieftasche vor, deren größte Kostbarkeit in einem blaßrosa Zehn-Euro-Schein besteht – eine Geste der Hilflosigkeit, die an den Hotel-Rezeptionen der Welt leider nur wenig Eindruck macht.

Wolfgang Schultz ist ganz sicher, daß er genügend Geld auf dem Konto hat, und kann sich nicht vorstellen, wer es wagen könnte, ihm den Zugriff auf die eigenen Ersparnisse zu verwehren. Am liebsten würde er den Stier bei den Hörnern packen und sich mit einem Anruf bei der Bank Klarheit verschaffen ... Doch es ist Sonnabend. Noch mehr Eindruck würde in der Bank sein leibhaftiges Erscheinen machen, die Heimfahrt aber ist zu einem schwer lösbaren Problem geworden. Er hat ja nicht einmal genügend Bargeld zum Tanken. Kurz denkt er daran, sein Auto als Pfand zurückzulassen und mit der Bahn abzureisen, dann fällt ihm ein, daß eine

Fahrkarte mittlerweile ein Wertgegenstand geworden ist, gut wie Gold und doppelt so wertvoll, für einen Mann in seiner Lage unerschwinglich.

Die rettende Idee kommt von Frau Schultz: „Dann rufen wir eben Thomas an, wozu haben wir einen erwachsenen Sohn!"

Sie klingelt Thomas aus dem Après-Disco-Schlummer und schildert ihm die Lage. Thomas ist grundsätzlich zur Rettung bereit, die Aktion aber, sagt er, könne sich ein bißchen hinziehen, zunächst müsse er die eigene Fahrtüchtigkeit wiederherstellen, dann aber werde er versuchen, die fragliche Summe zusammenpumpen, leider, fügt er hinzu, gehörten seinem Freundeskreis keine Besserverdiener an.

Es ist später Nachmittag, als sie von Thomas ausgelöst werden. Schultz verbringt den Rest des Wochenendes in Ungewißheit. Er träumt schlecht; denn er träumt von der Welt des Verbrechens, von den fiesen Tricks der Ganoven, die an Geldautomaten heimlich winzige Kameras anbringen, um die Geheimzahlen der Kundschaft zu filmen ...

Am Montagmorgen, pünktlich neun Uhr, ruft er in der Bank an und verlangt seinen Ansprechpartner, Herrn Winkelmann. Schultz nennt seinen Namen und grüßt artig.

Winkelmann, nach ungutem Schweigen: „Guten Morgen, Herr ... äh, wie sagten Sie, war doch gleich der Name?"

„Schultz! Wie Lehmann!"

„Ah ja, guten Morgen, Herr Lehmann ..."

„Mein Name ist Schultz!"

„Ach, Sie sind es, Herr Schultz! Wo kommen Sie denn plötzlich her? Wie fühlen Sie sich? Wo sind Sie? Von wo rufen Sie an?"

Seltsame Fragen. Auch der Ton, den sein Ansprechpartner anschlägt, gefällt Schultz überhaupt nicht. „Ge-

genfrage, Herr Winkelmann! Warum ist mein Konto gesperrt?"

„Gute Frage …", sagt Winkelmann.

„Und wie lautet die Antwort?"

Winkelmann druckst herum. Die Antwort, sagt er, wolle er ihm gern geben, nicht aber per Telefon, sondern doch lieber unter vier Augen. Es bestehe akuter Gesprächsbedarf, sein baldmöglichstes persönlichstes Erscheinen sei höchst wünschenswert.

Schultz macht sich auf die Socken. Unverzüglich führt Winkelmann ihn ins Büro des Filialleiters, entfernt sich auf leisen Sohlen und macht die Tür sachte von draußen zu.

Oha, denkt Schultz, mein Fall ist Chefsache!

Herr Wilhelmi, der Filialleiter, sieht ihn an, wie er wohl auch einen fünfbeinigen Elefanten ansehen würde. „Wie geht's, wie steht's, Herr Schultz, sind Sie wohlauf?"

„Alles bestens, abgesehen davon, daß Sie mein Konto gesperrt haben!"

„Sie müssen jetzt sehr stark sein, lieber Herr Schultz!" Wilhelmi holt tief Luft. „Sie waren einer unserer sympathischsten Kunden. Bitte erlauben Sie, daß ich Ihnen hiermit mein herzliches Beileid ausspreche. Es freut mich ganz besonders, daß Sie es noch selbst entgegennehmen können."

Schultz pflegt von sich zu behaupten, er habe Humor, findet solche Redensarten aber gar nicht lustig. Wilhelmi greift aus den Tiefen seines Schreibtischs zwei Gläschen und eine Cognacflasche heraus und stößt feierlich mit ihm an: „Auf das Leben nach dem Tode!"

Schultz ist verblüfft.

„Der Rentenservice der Post", erklärt Wilhelmi, „hat mich von Ihrem Ableben schriftlich in Kenntnis gesetzt …"

Schultz ist sprachlos.

„... und wenn eine deutsche Behörde so etwas meldet, stimmt es normalerweise. Ich habe daraufhin pflichtgemäß Ihr Konto gesperrt. Sperren müssen." Wilhelmi blättert in einer Mappe. „Selbstverständlich ist der Vorgang nachvollziehbar dokumentiert. Der Rentenservice fordert von uns Zahlungen zurück, die Ihnen aus Ihrer Berufsunfähigkeitsrente noch nach Ihrem Hinscheiden überwiesen worden sind. Sehen Sie, hier, in diesem Schreiben heißt es wörtlich: Der Rentenempfänger ist am 18. Dezember verstorben, infolgedessen hat sich bei seiner Rente eine Überzahlung ergeben ..."

Verstorben? Überzahlung? Was soll das heißen?

„... das heißt, Sie haben widerrechtlich noch eine fette Rente eingesackt, als sich Ihr Leben längst vollendet hatte."

„Das gibt's in keinem Russenfilm", flüstert Schultz. Kalte Schauer rieseln ihm den Rücken hinab. „So was kann es doch gar nicht geben!"

Wilhelmi spürt, daß dieser Kunde seelischen Beistand braucht, Trost und Mitgefühl, und das nicht zu knapp. „So ist nun mal das Leben", sagt er, „und so ist auch der Tod, vom Scheintod ganz zu schweigen. Übrigens, in Castrop-Rauxel ist neulich eine Frau für tot erklärt worden, obwohl sie noch am Leben war. Erst in der Leichenhalle ist sie dann endgültig gestorben, und zwar an Unterkühlung. In Chile bieten Bestatter neuerdings sogar Särge mit Bewegungsmelder an, vorsichtshalber. Ich hoffe, diese Infos muntern Sie ein bißchen auf."

Schultz kann nur immer wieder den Kopf schütteln. Wie einen wild gewordenen Scheibenwischer bewegt er eine Hand vor der Stirn hin und her. „Das ist ja alles ganz und gar ungeheuerlich! Das darf doch einfach nicht passieren!"

„Passiert aber. Wir wissen bloß noch nicht, wie."

„Das krieg ich raus, verlassen Sie sich drauf", versichert Schultz. „Ich krieg das raus, und Sie sind der erste, der es erfährt!“

Schultz macht sich auf den Weg zum Postamt. Aus dem Autoradio erklingt der lebensbejahende Song vom unsterblichen Holzmichel. Grimmig stimmt Schultz in den Refrain ein: „Jaaaa, er lebt noch …“

Bei der Rentenstelle haben sich zwei Damen hinter ihren Computern verschanzt und sind zunächst nicht bereit, ihn auch nur anzuhören. Er käme unangemeldet, und sie steckten bis über beide Ohren im Monatsabschlußbericht. Schwache Argumente, mit denen sie Schultz nicht stoppen können. Sie hätten ihn, behauptet er, zur Leiche gemacht, wenn auch vorerst nur zur Karteileiche!

„Au weia!“ sagen die beiden. Nervös blättern sie vierhändig in einem dicken Aktenordner, und dann haben sie es auch schon bald schwarz auf weiß. Zunächst das Allerwichtigste: Sie sind unschuldig, und zwar alle beide. Der Fehler liege nicht bei ihnen, schuld sei das Einwohnermeldeamt, das sie schriftlich von seinem Todesfall in Kenntnis gesetzt habe, und sie hätten zu Zweifeln keinen Grund haben können … Das Meldeamt sei ja nicht irgendwer oder irgendwas, sondern öffentlicher Dienst, und der öffentliche Dienst gelte als unfehlbar …

Sie lachen, und der begriffsstutzige Schultz weiß nicht so recht, worüber eigentlich.

„Öf-fent-li-cher Dienst!“ wiederholen sie. „Das sind Beamte, Herr Schultz, mehr müssen wir doch wohl nicht sagen. Die werden regelmäßig befördert, Herr Schultz, kommt Zeit, kommt Oberrat, schon bloße Anwesenheit im Amt ist Dienst an der Allgemeinheit, die sind unkündbar, die können gar nicht in die Arbeitslosigkeit abgleiten, und das Wichtigste ist für sie immer noch eine gute Tasse Kaffee.“

Zufall oder nicht, im Einwohnermeldeamt duftet es tatsächlich nach Kaffee. Bürgersprechstunde ist gerade nicht, aber Bürgerstunde ist ja nie, wenn der Bürger anklopft. Durch den Hintereingang schafft es Schultz bis ins Vorzimmer des Leiters. Hier versucht die Chefsekretärin ihn zu stoppen mit der Auskunft, Herr Unverzagt, der Chef sei leider …

Schultz reißt die Tür zum Chefbüro auf. Es ist tatsächlich leer. Herr Unverzagt, wiederholt die Sekretärin, sei leider dienstlich außer Haus, ob vielleicht sie …

„Ich bitte darum!" sagt Schultz. „Bestellen Sie Grüße von mir! Von drüben …"

„Wie meinen Sie das – von drüben?"

„Aus dem Jenseits! Mein Name war Schultz, und Ihr Herr Unverzagt hat mich auf dem Dienstweg liquidiert." Nun aber, fügt Schultz hinzu, sei die Stunde der Auferstehung gekommen, „und zwar pünktlich morgen früh um zehn!"

Am nächsten Morgen gegen neun trudelt mit der Post ein Kondolenzschreiben der Krankenkasse ein. Die Kasse bekundet seiner Frau ihr herzliches Beileid, verbunden mit der Information, daß sie, die Kasse, künftig für den Schultz, Wolfgang nicht mehr aufkommen werde, da er final in die Obhut des Bestattungswesens übergewechselt sei.

Herr Unverzagt, der Leiter des Meldeamts, mag ihm sein Beileid nicht aussprechen, denn Schultz ist eine rotwangig-vitale Erscheinung und ganz entschieden gesünder als der Herr Unverzagt selbst. Daher zeigt Herr Unverzagt sich lieber professionell zerknirscht. Er bitte, sagt er, um Pardon, die Sache sei ihm „sehr, sehr unangenehm". Er habe den Vorgang „umgehend" geprüft, alles weitere werde sein Chef, der Leiter des Ordnungsamts Herr Berghahn, im größeren Zusammenhang erläutern. Herr Unverzagt führt den untoten Schultz ins Büro seines Chefs.

„Lieber Herr Schultz!" Der schwergewichtige Leiter des Ordnungsamts ergreift seine Hände. „Im Namen unserer Behörde erbitte ich Ihre Verzeihung. Was hier geschehen ist, darf nie wieder vorkommen. Niemals …"

Schultz fällt ihm ins Wort: „Aber wie ist es denn überhaupt passiert?"

„Sie sollen es erfahren!" Verstorben, so Berghahn, sei tatsächlich ein Herr Wolfgang Schulz, einer von den vielen ohne T im Namen. Dessen Geburtsdatum wäre dem seinen sehr nah, fast gleich gewesen. „Ein Zahlendreher, Herr Schultz, ein fataler Zahlendreher!" Der Vorfall werde selbstverständlich disziplinarische Konsequenzen für die Mitarbeiter des Meldeamts haben. „Aber, sagen Sie selbst, Herr Schultz, sind wir denn nicht alle nur Menschen?! Sie! Und ich! Und mancher Kamerad? – Na, sehn Sie. Und Menschen können irren. Wohl dem, der frei von Fehlern ist …" Unverzüglich werde er dafür sorgen, daß Herrn Wolfgang Schultz sein Konto „umgehend" wieder zur freien Verfügung gestellt werde, seine Behörde werde Schadensersatz leisten, sogar ein kleines Schmerzensgeld könnte drin sein, das Wichtigste aber wäre wohl doch, daß es ihm, Schultz, gelungen sei, den eigenen Tod zu überleben. „Und, mal positiv gedacht, Herr Schultz: Totgesagte leben länger!"

Dazu fällt Schultz nun nichts mehr ein.

„Übrigens", fährt Herr Berghahn fort, „morgen wird er beigesetzt, Ihr Namensvetter ohne T! Wie ist es, möchten Sie vielleicht hingehen?" Zartfühlend legt er Schultz die Hand auf die Schulter. „Unkosten entstehen keine, den Kranz übernimmt selbstverständlich unsere Behörde."

„Vielleicht", murmelt Schultz, „reicht ja auch ein Gesteck."

Das Leben geht weiter. Heute. Morgen. Und übermorgen.

Watt, soviel ihr Volt

Mehr als zweitausend Jahre lang galt Weihnachten als die Zeit der Stille und der Schwibbögen, der Wunderkerzen und der strahlenden Kinderaugen, und das war ganz in Ordnung so. Dann kam der Einzelhandel auf eine Idee. Die Christenheit, hieß es, solle gefälligst nicht immerzu bloß beten, sondern lieber Geschenke kaufen, und zwar möglichst große und möglichst viele.

Ich frage mich seit langem, was sich wohl jeder fragt: Sind wir Deutschen eigentlich vernünftige Menschen? Sind wir vielleicht total durchgeknallt? Oder sind wir noch fähig und bereit, aus Fehlern zu lernen? Die Antwort lautet: Nein.

Sonst könnten wir doch wohl nicht so bescheuert sein, die deutsche Weihnacht ausgerechnet dann zu feiern, wenn alle Supermärkte so schrecklich überfüllt sind! In den Kaufhäusern weihnachtet es schon seit Ostern. Das Weihnachtslied „Stille Nacht" wird mit größter Lautstärke abgedudelt. Leise, leise fallen weiße Flokken. Ein Roß ist entsprungen. Am Weihnachtsbaume, da hängt 'ne Pflaume. Ein- und dasselbe Reh tritt immer und immer wieder aus dem Wald heraus. Durch Dauerberieselung mit weihnachtlichem Liedgut wird die Kundschaft akustisch fertig gemacht. Nur die Stärksten kommen durch.

Beim Shopping-Nahkampf verkörpern erwartungsgemäß die Frauen und Damen das starke Geschlecht. Der begleitende Gatte dagegen hat es schwer in der vorweihnachtlichen Ellbogengesellschaft. Die Nerven liegen blank. Schon ein bescheidener Einkaufsbummel von zwanzig Minuten Dauer ruft – sogar bei Profiboxern und Terroristen – Todesangst hervor, Bluthochdruck und Infarkte aller Art. Die Experten schlagen Alarm; denn die Konsumfolter vor dem Fest der Liebe übersteigt beträchtlich den Stress, dem amerikanische Düsenjetpiloten beim Kampfeinsatz ausgesetzt sind.

Mit Ruten bewaffnete bärtige Gesellen in langen roten Mänteln zeigen uns die Instrumente. Nur durch Angstkäufe können wir der gerechten Strafe entgehen. Was mich selbst betrifft, so bin ich jedes Jahr aufs neue gespannt darauf, was mir meine Frau zum Christfest wohl bescheren wird. Offen gesagt, mein Leben war vom ersten Tage an verpfuscht, und daran sind in erster Linie meine bedenkenlosen Eltern schuld. Mein Geburtstag fällt zufällig auf den 25. Dezember, den sogenannten ersten Feiertag. Ausgerechnet! Kannst du dir halbwegs vorstellen, guter Freund, was mir lebenslang an Geschenken entgangen ist?! Ganze Präsent-Container mit Apfel, Nuß und Mandelkern, mit Muh und Mäh und Tätärätätä, von der elektrischen Eisenbahn und dem Gameboy ganz zu schweigen.

Ich klage an! In der Kindheit sind meine Freunde mindestens dreimal jährlich reich beschenkt worden: zu Weihnachten, zum Geburtstag und zum internationalen Kindertag. Ich aber war bloß ein popliges Christkind aus der Unterschicht. Am Heiligabend schenkte mir Knecht Ruprecht die neuen Schuhe, am Morgen danach, an meinem Geburtstag, schenkte meine Mutti mir die Schnürsenkel. Im Jahr darauf schenkte mir Knecht Ruprecht am 24. den neuen Patronenfüller, am 25. schenkte meine Mutti mir zum Geburtstag eine kostbare Tintenpatrone. Einmal kriegte ich am Heiligabend den neuen Fahrradschlauch und am ersten Feiertag die Luft, die zur Bereifung ja auch irgendwie gehört.

Von dieser Art waren meine Geschenke …

Inzwischen bin ich ein alter Zausel und muß froh sein, wenn mein Frauchen mir zu Heiligabend wenigstens ein Lächeln schenkt. Aber ich bin ja bescheiden und kann mich über alles freuen. Beispielsweise freue ich mich über die Festbeleuchtung, die die dunkle Winternacht bundesweit zum Tag macht. Weihnachtliches Flutlicht überall. Ein schrilles Lichtermeer, das in unserer Galaxis seinesgleichen sucht. An Dachrinnen, Fallrohren, Balkongittern und Giebelkanten baumeln Lichterketten, Lichterschläuche und Lichternetze mit der Strahlkraft von hunderttausend Gigawatt. Von innen heraus leuchtende Rentiere, Schneemänner, Rodelschlitten und Tannenbäume beleben die Fassaden. Sportgestählte Nikoläuse erklimmen Dachfirste im Draufgängerstil von Reinhold Messner.

Leise rieselt der Schnee, und in denVerbraucherhaushalten rasen die Stromzähler. Heißa, aber das gefällt den Bossen der Energiekonzerne! Der rasant steigende Strompreis hat ein alpines Allzeit-Hoch erreicht, und das Ende der Fahnenstange ist noch lange nicht in Sicht. Von der Beleuchtungskonjunktur regelrecht elektrisiert, reiben die Elektrobosse ihre Daumen an den Zeigefingern und singen vierstimmig: „Oh, du fröhliche …“ Das Wettrüsten de Lux bestärkt sie in der Gewißheit, daß aus dem unterbelichteten deutschen Volk noch viel, viel mehr rauszuholen ist – jauchzet, frohlocket!

Meine wehmütigen Gedanken aber schweifen zweitausend Jahre zurück, hinüber nach Bethlehem ins Gelobte Land, und vor meinem geistigen Auge erscheinen die eiligen drei Könige Kaspar, Melchior und Balthasar. Wie verzaubert folgen sie einem leuchtenden Stern. Ich für meine Person blicke gleichfalls feierlich empor zum weihnachtlichen Sternhimmel, und plötzlich fällt mir ein, daß nicht allein der Strompreis steigt. Auch der Gaspreis steigt. Und der Wasserpreis. Der Benzinpreis. Die Fahrpreise bei Bahn und Bus. Und dann kommt mir plötzlich eine ganz und gar unweihnachtliche Idee.

Ich setze mich an den Küchentisch und schreibe den Herren der Stromkonzerne, die den Rachen nicht voll kriegen, je eine Weihnachtskarte mit dem hintergründigen Text: Wie schön leuchtet der Abendstern, und vor allem: wie preiswert!

Vielleicht gibt den Herrschaften das zu denken. Vielleicht gehen sie in sich. Vielleicht suchen sie nach dem Ausweg. Und wenn sie bei der Suche nach dem Ausweg wieder die Preise erhöhen, wissen wir: Sie haben ihn gefunden.

Alle Jahre wieder

So eine Weihnachtsbescherung ist alljährlich eine riesengroße Aufregung, und zwar für Kinder und Eltern gleichermaßen. Als unsere Zwillinge zwei Jahre alt waren, ließ es sich noch aushalten. Unsere kleine Dolli hüpfte in feuchten Windeln immer um die Nordmanntanne rum und jubelte: „Einmachbaum, Einmachbaum!" Unsere Oma, die unheimlich stolz war auf Dollis sprachliche Fortschritte, strahlte mit den Kerzen um die Wette. Unser kleiner Olli spiegelte sich in den silbrigen Weihnachtsbaumkugeln und betrachtete verliebt seine ins Gigantische verformte Knollennase. Den Sack mit den Geschenken hatte der Einmachmann heimlich vor der Wohnungstür abgestellt. Gesehen hatte ihn keiner, aber weil der Gabensack plötzlich im Treppenhaus rum stand, mußte der Einmachmann ja wohl dagewesen sein, logisch.

„Kinder", rief die Mutti, „kommt schnell, der Einmachmann war da!"

Als die Zwillinge drei waren, nannten auch sie den Einmachmann Weihnachtsmann und fieberten schon Anfang November seinem Erscheinen entgegen. Darum mußten wir den Weihnachtsmann natürlich leibhaftig auftreten lassen, ob wir wollten oder doch. Für diese tragende Rolle engagierten wir einen begabten Volkskünstler, nämlich Onkel Andreas. Tante Annelie hatte sich gerade erst von ihm scheiden lassen, und Onkel Andreas war, wie sich bald herausstellte, über den Scheidungsschmerz noch immer nicht hinweg. Er hatte uns wissen lassen, daß er sehr sensibel sei und ein wenig Trost erwarte.

Um ihn für ein paar Stunden auf andere Gedanken zu bringen, beschaffte ich einen Purpurmantel mit Kapuze sowie einen schlohweißen Wallebart. Die Rute stammte komplett aus dem Stadtparkgebüsch.

In der Vorweihnachtszeit studierten unsere Zwillinge Lieder ein, mit denen sie dem Weihnachtsmann für seine vielen Geschenke danken wollten. Dolli entschied sich für den Titel „O Tannebaum, oh Tannebaum ...", Olli für das Volkslied „Heute haun wir auf die Pauke, und wir machen durch bis morgen früh ..."

Am Heiligen Abend stieg die Spannung schon morgens ins Unerträgliche. Alle fünf Minuten fragten die Kinder zweistimmig: „Wann kommt er? Wann kommt er denn?"

„Keine Ahnung", sagte ich. „Der Weihnachtsmann, müßt ihr wissen, hat schrecklich viel zu tun. Er muß ja nicht nur euch beide bescheren, sondern auch noch viele Millionen anderer Kinder."

Zu Tode betrübt blickten die beiden von tief unten zu mir herauf, und ihre Augen füllten sich mit heißen Tränen.

Just in diesem Augenblick pochte es an der Wohnungstür.

Die Zwillinge flitzten ins Wohnzimmer und versteckten sich hinter dem Weihnachtsbaum.

Ich öffnete.

Der Weihnachtsmann in seinem Purpurmantel schwankte herein und grölte aus vollem Halse ein altes Weihnachtslied. Die Melodie stimmte einigermaßen, der Text aber war neu und nur bedingt jugendfrei. Er stammte aus der Feder von Onkel Andreas, und die erste Strophe lautete folgendermaßen:

Alle Jahre wieder
kommt deher Weihnachtsmann –
Frauen, schließt das Miedeher,
rette sich, wer kann …

Abgesehen davon, daß der Weihnachtsmann absolut unmusikalisch war, zeichnete ihn die Stimmkraft eines Bayreuther Heldentenors aus, und außerdem hatte dieser Himmelhund eine Fahne wie tausend besoffene Russen. Sogar die Weihnachtsbaumkerzen begannen erschrocken zu flackern. Wir pusteten sie aus, um einer Feuersbrunst vorzubeugen.

„Der eine liebt Rembrandt", rief der Weihnachtsmann, „der andre liebt Weinbrand, und man wird doch wohl mal fragen dürfen, ob der liebe, gute Weihnachtsmann in diesem Haushalt nicht vielleicht einen kleinen Absacker kriegen könnte!"

„Leider nein", sagte ich. „Aber was ich dich fragen wollte, lieber Weihnachtsmann – wo ist denn eigentlich dein lieber Sack mit den Geschenken für die lieben Kinder?"

Der Weihnachtsmann hielt inne, tastete mit der linken Hand nach der rechten Schulter, mit der rechten Hand nach der linken Schulter, wurde aber weder hier noch da fündig und brüllte: „Ach du Scheiße!"

Die Kinder gingen hinter der Oma in Deckung.

„Ach, du lieber Gott", barmte die Oma, „wo sind wir bloß hingeraten, ein Weihnachtsmann, der seinen Sack in der Kneipe vergißt!"

Doch es kam noch schlimmer. Statt sich Asche aufs Haupt zu streuen, ging der Weihnachtsmann in die Offensive und belegte mich minutenlang mit Anwürfen und Anklagen. „Weissu, wassu bist, du Gesäßvioline?!" fragte er mit schwerer Zunge. „Du bist ein Erfüllungsgehilfe des kapitalistischen Konsumterrors! Von wegen Fest der Liebe … Daß ich nicht lache!" Und nun wurde er auch noch philosophisch. Die Kinder, schimpfte er, hätten von mir das ganze Jahr über weder Liebe noch Zuwendung zu erwarten, zu Weihnachten aber, „jaaa, zu Weihnachten wird's dann ganz brutal, dann bestrafst du sie auch noch mit Geschenken von Connys Resterampe!" So wetterte dieser stark angeheiterte Weihnachtsmann.

Ich hätte ihn am liebsten erwürgt.

Meine Frau hielt sich die Ohren zu.

Unsere Oma hielt sich die Augen zu.

Und die Kinder fürchteten sich sehr.

Als die Zwillinge vier waren, hatte Onkel Andreas bei uns schon lange Hausverbot. Meine Frau bot mir eine neue Lösung für das alte Problem an: Nun muß der Papa ran!

Wieder hatten sie Zwillinge sich langfristig vorbereitet, und eigentlich konnte gar nichts schiefgehen. Der Weihnachtsmann war nüchtern wie tausend anonyme Alkoholiker. Eine Larve verlieh meiner majestätischen Erscheinung den Ausdruck von Milde und Güte. „Von drauß' von Eberswalde komm ich her", sprach ich mit konspirativ verstellter Stimme.

Die Kinder spitzten die Ohren. Mit gesundem Mißtrauen musterten sie den Weihnachtsmann aus Eberswalde. Irgend etwas an ihm kam ihnen bekannt vor, irgend etwas war ihnen verdächtig, und mir wurde allmählich heiß unter Larve und Purpurmantel. Dann faßte unsere Dolli sich ein Herz. „Der Weihnachtsmann", flüsterte sie atemlos, „der Weihnachtsmann, der redet ja genau wie Papi!"

Und Olli, der olle Petzer, rief: „Der hat Papis Gummistiefel an und Papis grüne Gartenhandschuhe auch!"

„Au weia!" sagte Dolli und nagte an ihrer Oberlippe.

Ich schwitzte Blut und Wasser.

„Wo ist denn überhaupt Papi?" fragten beide wie aus einem Munde. „Wo isser? Warum kommt er denn nicht?"

„Keine Ahnung“, murmelte ich, „dafür bin ich nicht zuständig, ich soll hier nur den Gabensack abliefern.“

Dann ergriff ich die Flucht.

Fünf Minuten später tauchte ich im Kostüm des biederen Familienvaters wieder auf, fröhlich pfeifend, als wäre nichts gewesen. Die Zwillinge raschelten in einem Riesenhaufen bunten Geschenkpapiers und packten immer weitere Päckchen aus. Feindselig, geradezu haßerfüllt musterten sie mich.

Auch die Oma schüttelte mißbilligend das Haupt. „Einmachmann!“ zischte sie in meine Richtung. Mir fiel nichts Besseres ein, als die Hände über dem Kopf zusammenzuschlagen und mich hemmungslos zu wundern: „Sagt bloß, Kinder, der Weihnachtsmann war schon da?!“

„Gib dir keine Mühe, Sportsfreund!“ Meine Frau schüttelte traurig den Kopf. „Sie sagen, Onkel Andreas hätte ihnen viel, viel besser gefallen.“

Rostbrätel weltweit

„Schluß, aus, Feierabend“, befiehlt Frau Dr. Wacker „fühlen Sie sich von mir auf Halbmast gesetzt! Effdeha, bitte, und keine süßen Sachen mehr!“

Mit meinen Laborwerten, sagt sie, sei sie im großen und ganzen zufrieden, nur mit meinem Übergewicht könne sie sich nicht anfreunden.

„Um ganz ehrlich zu sein, Frau Doktor, Sie sprechen mit einem bekennenden Thüringer.“

„Was hat das mit Ihrem dicken Wanst zu tun?“

Offenbar kennt sie die aktuelle Studie der Verbraucherzentrale nicht.

„Thüringen“, sage ich, „ist nicht nur das Grüne Herz Deutschlands, sondern auch bundesweit führend im Übergewicht. Statistisch gesehen, ist der Thüringer mit Abstand dickster Deutscher.“

„Schlimm genug“, sagt sie.

„Wie man's nimmt ... Immerhin kann Übergewicht auch ein gutes Zeichen sein.“

„Und wofür, bitte?“

„Dafür, daß in Thüringen das Essen schmeckt – die Weimarer Zwiebelsuppe, die Gothaer Muskräppelchen, der Rawenzele-Salat, der gespickte Stallhase, die Detscher, die Knackwurst, die Rostbrätel und wie die Delikatessen alle heißen.“

„Hörn Sie auf, hörn Sie auf! Ich hab den ganzen Tag noch nichts gegessen.“

„Nach der aktuellen Studie der Verbraucherzentrale, liebe Frau Doktor, hab ich für einen Thüringer genau das vorgeschriebene Lebendgewicht. Wäre ich Mecklenburger, ja dann ... Dann wäre mein Gürtel tatsächlich ein paar Zentimeter zu lang, da haben Sie schon recht. Wenn einer unbedingt abnehmen will, sag ich immer, soll er sich an die mecklenburgische Küche halten. Alle Supermodels schwärmen davon. Warum? Weil die mecklenburgische Küche nur ganze drei Gewürze kennt: Wasser, Salz und Sand.“

„Wer abnehmen möchte“, entscheidet Frau Dr. Wakker, „sollte die Vorspeise weglassen und statt des Hauptgerichts kein Dessert nehmen.“

Sie hat Haare auf den Zähnen, aber wir beide verstehen uns. Man kann mit ihr reden. Sie kann sogar zuhören, und das läßt sich ja nun wirklich nicht von jedem Arzt sagen.

„Wohin, wenn ich fragen darf, geht es denn dieses Jahr in Urlaub, Frau Doktor?“

„In die Staaten.“

„New York?“

„Nein, Los Angeles.“

„L. A.“, sage ich.

„Genau, L. A.“

„Kleiner Tip, Frau Doktor, unverbindlich! Wenn

Ihnen da drüben nach drei Tagen die Kost von McDoof zum Halse raushängt, fahren Sie auf dem kürzesten Weg zu Feldmann am Sunset Boulevard! Das Schild ist gar nicht zu übersehen: The Rostbrätel – Bavarian Restaurant. Bei Feldmann schmeckt's wie daheim."

„Wie schön. Bloß das eine macht mich stutzig: So ein Rostbrätel hat doch mit bayerischer Küche nun wirklich nichts zu tun."

„Ihr Argwohn ist berechtigt. Unter Thüringen kann sich in Amerika allerdings keiner was vorstellen, und wer das Wort doch irgendwann mal irgendwo gehört hat, hält Thüringen für eine bayerische Kolonie: german beer, Sauerkraut änd Gemutlichkeit. Die Kellner bedienen in Lederhosen und die Kellnerinnen im Dirndl."

„Sie schildern das Lokal so anschaulich, waren Sie etwa schon mal da? Leibhaftig?"

„Na, klar doch, Frau Doktor, ich bin ja Globetrottel. Ich war in L. A., und ich kenn den Feldmann persönlich."

Es gelingt mir nicht, mit meiner Wahnsinns-Info Eindruck zu schinden. Frau Dr. Wacker legt die Stirn in Falten und scheint sich für Feldmann nicht weiter zu interessieren.

„Halb-Mast, wie gesagt! Ihre Adipositas kann früher oder später in Zuckerkrankheit umschlagen, und dann haben wir den Salat."

„Ich kenn den Feldmann persönlich", wiederhole ich, „der Feldmann ist nämlich Ossi."

„Ach nee …" Geistesabwesend blättert sie in meiner Krankenakte.

„Der stammt aus Eisenach, genauer gesagt, aus der Nähe von Eisenach, keine zehn Kilometer entfernt, neulich sogar eingemeindet … Kennen Sie Eisenach, Frau Doktor?"

„Flüchtig."

„Der Feldmann ist einer von diesen Nachwende-Emigranten. Die HO war noch gar nicht ganz pleite, da hat der schon 'nüber gemacht in die Staaten. Zuerst hatte der einen kleinen Bratwurst-Grill in Hollywood – The Bratwurscht! Aber inzwischen ist er dicke da mit seinem Rostbrätel. Gleich am Eingang ein Riesenfoto von der Wartburg, und dazu die Feldmann-Parole ‚Ein Sonntag ohne Klöße verlöre viel von seiner Größe!'"

„Was Sie nicht sagen ..."

„Seine Klöße sind klasse, Frau Doktor ..."

„Die Hütes ..."

„Richtig! Die Hütes sind klasse, nahtlos geformt, kugelrund und glatt. Wie gesagt, wenn Ihnen der Fraß von McDoof zum Hals raushängt, Feldmann, der Retter, ist nah. Nicht vergessen, die Straße heißt Sunset Boulevard."

„Na, da muß ich aber doch glockenhell lachen, Mensch, ich flieg doch nicht in die Staaten, um in L. A. thüringisch zu essen!"

„War nur so eine Idee von mir, Frau Doktor ..."

„In vier Wochen bin ich zurück, dann stellen Sie sich gleich wieder vor, aber nicht mehr als schwerer Junge, wenn ich bitten darf!"

„Na, dann gute Reise, und, wie gesagt ..."

So ist das immer mit den Arztgesprächen. Du als Patient willst gerade richtig loslegen, da schmeißt der Doktor dich schon wieder raus. Aber die ärztlichen Ratschläge und Befehle sollst du natürlich befolgen. Vier Wochen lang versucht meine Frau erfolglos, mich von den süßen Sachen fernzuhalten, aber leider, bevor ich durch die Andeutung eines bescheidenen Gewichtsverlusts meine Bereitschaft zeigen kann, hab ich schon wieder stark aufgeholt. Schlechten Gewissens stell ich mich auf die Waage. Ich weiß, daß ich zwei Kilo zugenommen habe und bin auf bissige Bemerkungen gefaßt. Frau Dr. Wacker jedoch trägt den verheerenden Wert kommentarlos in meine Akte ein.

„Was ich Ihnen noch erzählen wollte", sagt sie, „ich war in den Staaten, L. A., genauer gesagt ... Kennen Sie L. A.?"

Ich schweige ergriffen.

„Da sollten Sie unbedingt mal hinfliegen, mein Lieber!"

Ich versuche neidisch zu kucken.

„Kann ich Ihnen nur wärmstens empfehlen. Kalifornien, der Sonnenstaat! Einfach spitze, bis auf die Ernährung vielleicht. Also, wenn Sie vielleicht doch eines Tages mal nach L. A. kommen sollten, und wenn Sie nach drei Tagen den Fraß von McDonald's einfach nicht mehr sehen können, denken Sie an meinen ärztlichen Rat: The Bratwurscht änd the Rostbrätel! Einfach rein in die Taxe und über'n kurzen Weg zu Feldmann!"

„Feldmann", sag ich versonnen, „Feldmann ... Den Namen muß ich mir merken!"

Das Bernsteinzimmer

Zarskoje Selo bei St. Petersburg zieht deutsche Touristen magisch an. Zwar gilt das Original des weltberühmten Bernsteinzimmers noch immer als verschollen, doch hier im Katharinenpalast ist mit finanzieller Hilfe aus Deutschland ein funkelndes, historisch getreues Bernsteinzimmer neu entstanden. Eine Touristengruppe aus Düsseldorf kommt aus dem Staunen und Loben nicht heraus. Stolz erklärt ein Herr aus ihrer Mitte: „Die nordrhein-westfälische Wirtschaft hat es mitfinanziert."

Soviel in aller Kürze über den Zweiten Weltkrieg.

Reise ins Reich der Mitte

Die Welt ist voller Ausländer, und alle haben sie ihre Macken. Der Moslem verzehrt kein Schweinefleisch. Inder dagegen lassen sich das Schweinskotelett schmekken, essen aber weder Kuh noch Kalb; denn Rinder sind dem Inder heilig. Das erste Fladenbrot, das die Hausfrau zum Frühstück bäckt, kriegt nicht der Familienvater, sondern die Kuh. Wenn die Kuh das frische Brot ißt und es ihr mundet, weiß die Familie gleich: So gefällt es Krishna, er wird dafür sorgen, daß auch uns die Nahrung nicht ausgeht. Eine solche göttliche Verehrung der Kühe ist dem Chinesen wesensfremd. Fremd ist ihm auch die göttliche Verehrung der Hunde, die den Deutschen auszeichnet. Und im Gegensatz zum Rest der Welt ist der Chinese nicht wählerisch. Er ißt Rind und Schwein, Ente und Karnickel, auch Pferde. Und Hunde …

Jahrelang besprachen wir am Abendbrottisch kulinarische Themen aus aller Welt, dann stand fest: Wir belohnen uns selbst, wir reisen nach China!

Eine Reise nach China ist für den Deutschen von besonderem Reiz. Dort kann er endlich mal wieder ein Wirtschaftswunderland live erleben, eine Rolex wird ihm unter dem Namen Lolex an jeder Ecke für ein paar Yuan günstig angeboten, und unsere bayerischen Landsleute zieht es allesamt nach Schanghai, wo das Hotel OCEAN mit german beer, Weißwurscht und Blasmusik jede Woche ein Oktoberfest veranstaltet.

Wir begannen heftig zu sparen. Lotto wurde ersatzlos gestrichen. Wir gingen kaum noch ins Kino. Bei ALDI wurden wir als Kunden des Monats mit einem Tulpenstrauß geehrt. Das einzige, was wir uns noch leisteten, war Sicherungstechnik. Ich kaufte gleich drei Zeitschaltuhren auf einmal, eine fürs Schlafzimmer, eine fürs Wohnzimmer und eine fürs Klo. Zeitschaltuhren, fein aufeinander abgestimmt, schalten bei Abwesenheit der Bewohner das elektrische Licht selbsttätig mal hier, mal dort für ein Viertelstündchen ein und dann wieder aus, doch kann es natürlich sein, daß der Einbrecher, wenn er deine Gewohnheiten ausbaldowert hat, den Doktor anonym davon unterrichtet, daß du jede Nacht im Schlafzimmer von dreiviertel drei bis drei Uhr perverse Dinge treibst, und zwar bei angeknipster Lampe, daß du dich jede Nacht von viertel zwei bis halb zwei und dann noch mal von halb vier bis dreiviertel vier aus unbekannten Gründen im Wohnzimmer aufhältst und ein halbes Dutzend Mal für je eine Viertelstunde auf dem Klosett hockst, Stichwort Alarm im Darm.

Des weiteren kaufte ich eine moderne Alarmanlage mit Lichtschranke, und es gelang mir gleich im ersten Anlauf, sie zu installieren. Sobald ich probehalber die Lichtschranke durchschritt, setzte vielstimmiges Gebell einer virtuellen Hundemeute ein. Dann erzählte ich allen Nachbarn, wir hätten die Absicht, für drei Wochen zu verreisen. Wenn also, erklärte ich, innerhalb der nächsten drei Wochen in unserem Häuschen nachts das Licht anginge, könnte die Ursache durchaus die Zeitschaltuhr sein, im ungünstigen Fall aber natürlich auch ein Ganove, endgültige Klarheit bringe erst eine Inspektion mit Eigenheimumrundung.

Am letzten Abend vor dem Abflug wurde es ein bißchen hektisch, so daß wir fast verschwitzt hätten, unserm Lieblingsnachbarn den Briefkastenschlüssel zu übergeben. Selbst der dümmste Einbrecher läßt sich von Zeitschaltuhren nicht täuschen, wenn aus dem Briefkastenschlitz Briefe, Karten und Reklamesendungen herausquellen wie Lava aus dem Vesuv.

Nun konnte es endlich losgehn.

Während der Taxifahrt zum Flughafen wurde ich das Gefühl nicht los, irgendetwas Wichtiges unterlassen zu haben. Meine Sorge löste sich in Luft auf, als meine Frau mir nach dem Einchecken sagte, sie habe, wie abgesprochen, die wichtigsten Dokumente aus der Wertsachen-Schublade an geeigneten Stellen im Haushalt versteckt: die Urkunde der Lebensversicherung etwa, den Führerschein, den Kraftfahrzeugbrief, die Autoschlüssel und einen Umschlag mit fünfhundert Dollar, die ich reaktionsschnell bei der Bank eingetauscht hatte, als eines Tages der Euro-Kurs gegenüber dem US-Dollar so schnäppchenhaft emporgeschnellt war.

Das Verstecken und Verbergen ist bekanntlich die Stärke der Frauen. Frauen und Mädchen entwickeln in Verschwörungsdingen entschieden mehr Phantasie als jedes andere Geschlecht. Darum konnte ich sicher sein, daß bei uns auch der cleverste Einbrecher ins Leere laufen würde. Dankbar gab ich meiner Frau ein Küßchen. Übrigens hatte sie, um sicher zu gehen, nicht allein die wertvollen Papiere gut versteckt, sondern außerdem auch noch Zettel, deren verschlüsselte Botschaft uns nach der Heimkehr zu den Verstecken leiten sollte und sogar noch eine zweite Sorte Zettel, die auf kürzestem Weg zu den ersten Zetteln führte und von da aus zum Ziel, kurz, eine harte, unknackbare Nuß für das organisierte Verbrechen.

Ich war stolz auf meine Frau. Sie hatte sogar ein paar Brocken Chinesisch gelernt, machte von ihren Kenntnissen aber keinen Gebrauch, sondern verzagte, als die Reiseleiterin bei der Begrüßung humoristisch sagte: „Der Chinese fürchtet nicht den Himmel, er fürchtet nicht die Erde, er fürchtet nur Langnasen, die chinesisch radebrechen."

Drei Wochen lang besuchten wir Tempel und Pagoden, zwischendurch den Garten der himmlischen Ruhe und den Garten des anspruchslosen Beamten, und als unsere Reisegruppe am Fuße der Großen Mauer eintraf und die Reiseleiterin ihren schwarz-rot-goldenen Wimpel auspackte, begannen die Einheimischen wie auf

Kommando schadenfroh zu grinsen, weil sie, die Chinesen, im Gegensatz zu den Deutschen ihre Mauer noch haben.

Chinesische Fünf-Sterne-Köche der Biolek-Klasse bekochten uns, doch schon nach einer knappen Woche erhob sich deutschnationales Murren. Ein allgemeines Schwärmen von Eintopf, Buletten und Eisbein, von Getränken wie Nordhäuser Doppelkorn und Radeberger Pils setzte ein, und das Rudel fieberte von Tag zu Tag stärker dem Heimflug entgegen. Alle nahmen sich ganz fest vor, beim Abschied „Auf Wiedersehn“ zu sagen, auch „Lebewohl“ oder „Ade“, auf keinen Fall aber „Tschüß“; denn „Tschüß“, das sollte der Weltenbummler beachten, heißt im Chinesischen „Hau ab und stirb!“ Zum Abschied zählte unsere Reiseleiterin die Koffer zweimal. Kein Gepäckstück sollte verschütt gehen. „Was du vergessen hast“, sprach sie weise, „hast du verloren, und was du verloren hast, sollst du vergessen …“

Goldene Worte vom Meister Kung, an die wir bis an unser Lebensende denken werden. Erfreut stellten wir bei der Heimkehr fest, daß die Verbrecher tatsächlich nicht gewagt hatten, unser Häuschen aufzuknacken. Die Frage der Fragen aber mußte erst noch beantwortet werden: Wo war was wie gut versteckt? Ratlos irrte meine Frau durch die Räume und nagte an ihrer Unterlippe. Die aufregenden Erlebnisse in Fernost überlagerten ihr Erinnerungsvermögen, die Verstecke wollten ihr nicht mehr einfallen, und ich hatte sowieso keine Ahnung. Immerhin fand sie nach langem Grübeln, im Duden blätternd, einen ersten kleinen Zettel mit den rätselhaften Wörtern: Möhren, Butter, Bio-Eier … Na, toll, ein vor Monaten abgearbeiteter Einkaufszettel.

Erschöpft ließ ich mich ins Bett fallen. Mein Hinterkopf fiel auf etwas Hartes. Ein erster Erfolg: Im Kopfkissen steckte der Autoschlüssel. So wurde es kurz vor Mitternacht doch noch ein schöner Tag.

Am nächsten Morgen stieß meine Frau zwischen den Servietten auf einen Zettel, dessen verborgenen Sinn sie nicht dechiffrieren konnte. Merkwürdigerweise war es ein Reim: „Von heiß zu warm, von warm zu kalt / wer fleißig sucht, der findet bald." Diesen Satz hatte sie vor Wochen eigenhändig geschrieben, nun aber keine blasse Ahnung mehr, was sie damit hatte ausdrücken wollen. Mir ging die Schnitzeljagd allmählich auf die Nerven.

„Von warm zu kalt ...", rief ich, „so ein Quatsch!" Aufs Geratewohl riß ich die Tür zum Tiefkühlschrank auf. Meine Frau nahm die Einladung an, fing an unter den Beuteln mit den Feinfrosterbsen zu suchen und entdeckte tatsächlich die gefrostete Urkunde unserer Lebensversicherung.

„Siehste!" sagte sie.

Ich winkte ab und sagte resigniert, es wäre saublöd gewesen, die Versicherungspolice überhaupt irgendwo zu verstecken, weil keine Versicherung der Welt irgendeinem hergelaufenen Gangster dafür auch nur einen einzigen Cent auszahlt, geschweige denn hunderttausend Euro.

Seit dieser Bemerkung betrachten wir unser Verhältnis als unterkühlt. Daran änderte sich auch nichts, als ich per Zufall meinen Führerschein wiederfand, und zwar im Großen Brockhaus, Band sieben, unter dem Buchstaben F wie Führerschein. Vorher hatte ich in Band vierundzwanzig unter dem Buchstaben Z einen Zettel mit dem Verweis auf das Stichwort Bingo, Buchstabe B in Band zwei, gefunden, der mich auf die richtige Spur brachte.

Die Dollars aber blieben verschwunden. Den Kraftfahrzeugbrief suchte ich im Lexikon vergeblich unter Stichwörtern wie Gottlieb Daimler, Carl Benz, Rudolf Diesel und Henry Ford; bei Trabant, dessen Vornamen mir entfallen ist, schlug ich gar nicht erst nach. Meine

Dollars suchte ich in Band vier unter dem Buchstaben D wie Dollar, dann in Band neun unter K wie Kapital. Ich schlug sogar unter Archimedes nach und unter Heureka.

Dann klauten sie mir das Auto.

Gleich nachdem mein Auto verschwunden worden war, fiel mir beim Kramen in der Hausapotheke der Kraftfahrzeugbrief in die Hände. Mir schwante ein Zusammenhang: Warum hatte ich den Kraftfahrzeugbrief erst gefunden, als mein Auto weg war? Hätte ich ihn vielleicht niemals gefunden, wäre mir das Auto nicht geklaut worden? Waltete hier etwa Murphys Gesetz, demzufolge alles schief geht, was nur schief gehen kann? Wenn dir eine Stulle runterfällt, dann immer mit der Marmeladenseite nach unten. Was du heute teuer gekauft hast, entdeckst du morgen als Sonderangebot zum halben Preis. Die Schlange, in der du stehst, ist immer die längste.

Wenn es sich so verhielt, hatte es dann überhaupt Sinn, nach den unauffindbaren fünfhundert Dollar weiterzusuchen?

„Hör auf zu suchen, Mausi", sagte ich zu meiner Frau, „solange du noch suchst, wirst du nicht finden."

Man muß Geduld haben, Leute. Ich glaube fest daran, daß ich meine fünfhundert Dollar eines Tages wiedersehen werde, allerdings haben sie dann vielleicht nur noch den Wert von Altpapier. Schätzungsweise zwanzig, dreißig Jahre werden wohl doch noch vergehen, ehe der Dollar von der Bildfläche verschwindet und die Rotchinesen ihren Yuan in den Staaten als Landeswährung einführen.

Die Last der fetten Jahre

Vor dem Rückflug vom Pariser Flughafen Charles de Gaulle hatte ich noch eine halbe Stunde Zeit, trank in aller Ruhe einen Kaffee und las das Neue Deutschland.

Ein Mann trat zu mir an den Tisch. „Pardon", sagte er, „haben Sie mal Feuer?"

Ich hatte ihn im Gedränge schon vorher bemerkt. Er war nicht zu übersehen; denn er trug Haupthaar und Bart nach Art von Che Guevara gestylt, allerdings in hellblond.

Ich gab ihm Feuer. Das verstand er als Einladung. „Sie haben hoffentlich nichts dagegen, daß ich mich zu Ihnen setze?"

„Nein, nein", sagte ich.

Er deutete auf meine Zeitung: „Wie ich sehe, haben auch Sie ein Faible für die Weltrevolution ..."

„Ich bin Sympathisant. Vor ein paar Jahren hab ich mit ein paar trinkfesten Freunden sogar eine politische Partei gegründet."

„Interessant", sagte er.

„Die Partei der bewußt Arbeitsscheuen. Die Hauptforderung unseres Programms lautete: Für Rückenwind auf allen Fahrradwegen!"

„Den Kampf", sagte er, „haben Sie noch nicht gewonnen."

„Nein, und ich kann Ihnen auch sagen, warum nicht."

„Warum nicht?"

„Weil meine Partei zur Wahl nicht zugelassen worden ist."

„Das alte Lied ..." Er nickte versonnen. „Aber machen Sie sich nichts draus, wenn Wahlen was veränderten, wären sie verboten."

Das ganze Parteiengezänk, sagte er, sei doch sowieso nur ein einziger großer Volksbetrug, er ziehe den ehrlichen, außerparlamentarischen Kampf entschieden vor. Daher seien die Likedeelers in Hamburg schon eher sein Fall, eine Spontigruppe, die im Geiste Störtebekers die Reichen entreichere und die Armen beschenke. Aus der ungleichen Verteilung des Wohlstands leiteten sie ihre Pflicht zur Selbstbedienung ab und hätten kürzlich, als Comic-Helden vermummt, den angesagtesten Delikatessenladen an der Elbchaussee gestürmt. Nur vom Feinsten hätten sie genommen, Champagner, die Pulle von hundert Euro an aufwärts, hätten im Anschluß an die Plünderung der verdutzten Kassiererin hastig einen Tulpenstrauß in die Hand gedrückt und wären unerkannt verduftet. Das Großaufgebot der Hamburger Polizei, vierzehn Streifenwagen und zwei Hubschrauber, hätte nur noch ein Bekennerschreiben gefunden, in dem sie sich selbst als Vorkämpfer des ausbildungsplatzlosen Ein-Euro-Jobbers, der nichtintegrierten Putzfrau und der voll vernetzten Dauerpraktikantin bezeichneten.

„Sie leben in Hamburg?“ fragte ich.

„Jetzt nicht mehr. Seit ein paar Monaten lebe ich im Exil. Wie Lenin seinerzeit.“

„Röhl, mein Name“, sagte ich, „mit Röhl aber weder verwandt noch verschwägert.“

„Freut mich ganz besonders.“ Demnach kannte er sich aus mit den Hamburger Revoluzzern und war, wenn es stimmte, was er sagte, ein studierter Rechtsanwalt namens Friekamp, als Jurist in Deutschland aber fürs erste gescheitert. Er hatte viel erlebt und noch mehr zu erzählen.

Selten vorher hatte ich eine so verrückte Story gehört wie die Geschichte seines Scheiterns. Vor Jahren litt er an einer glühenden Leidenschaft für gute Zigarren und ersteigerte, nachdem er einen Kredit aufgenommen hatte, eine Kiste mit hundert Exemplaren der Marke Trinidad. „Trinidad“, schwärmte er, „die sagenumwobene

Phantomzigarre, die edelste der edlen Havannas, die beste und teuerste Zigarre der Welt …"

Die ersteigerten Zigarren stellten, nebenbei gesagt, ein kleines Vermögen dar, und er als Connaisseur ließ sie vorsorglich gegen alle nur denkbaren Gefahren versichern, gegen höhere Gewalt ebenso wie gegen Feuerschaden. Im folgenden halben Jahr rauchte er mit größtem Genuß eine seiner Trinidads nach der anderen und verlangte, als das Werk vollbracht war, von seiner Versicherung, daß sie ihm den entstandenen Schaden ersetze. Diesen Anspruch begründete er, streng nach dem Bürgerlichen Gesetzbuch, damit, daß seine Zigarren durch eine Serie kleiner Feuerschäden vernichtet worden seien. Wie nicht anders zu erwarten, weigerte sich die Versicherung zu zahlen und machte geltend, die Zigarren seien geraucht, also ihrer Bestimmung gemäß verbraucht worden.

Friekamp klagte gegen diese Weigerung, und zwar mit Erfolg. Das Gericht entschied tatsächlich in seinem Sinne, erwähnte im Urteil jedoch einschränkend, daß sein Anspruch zwar rechtens, aber unverschämt sei. Andererseits gehe aus der Police hervor, daß die beklagte Versicherung seine hundert Zigarren ausdrücklich gegen Feuer aller Art versichert hätte und Haftungsausschlüsse nicht bestünden. Zähneknirschend überwiesen ihm die Herren von der Versicherung den stolzen Betrag von 20 000 Euro, verklagten ihn aber schon fünf Minuten später wegen Brandstiftung in hundert Fällen. Daraufhin verurteilte ihn das humorlose Gericht wegen vorsätzlicher Inbrandsetzung seines versicherten Eigentums zu einer Freiheitsstrafe von achtzehn Monaten, zuzüglich 30 000 Euro Geldstrafe.

„Mehr", sagte er seufzend, „muß ich über den Rechtsstaat wohl nicht sagen!"

Bei einem flüchtigen Blick auf die Uhr stellte ich fest, daß ich soeben meinen Flug versäumt hatte. Das war mir wurscht, einen Flug, sagte ich mir, wirst du schon wiederkriegen, wann aber erzählt dir ein Spinner noch mal so spitzenmäßige Schnurren!

„Zur Zeit", fuhr er fort, „lebe ich in einem südamerikanischen Land, Name tut nichts zur Sache. Von hier aus kämpfe ich gegen den deutschen Staat, und meine Angriffe kommen immer aus einer Ecke, wo der Geheimdienst sie nicht erwartet!" Mit Deutschland, sagte er verbittert, hätte er noch eine Rechnung offen. Deutschland hätte ihm Berufsverbot erteilt, daher arbeite er nunmehr nicht mehr als Anwalt in Deutschland, sondern als Rechtsvertreter aller Menschen der globalisierten Welt. Täglich müsse er mit eigenen Augen das Elend der Kinder in Paraguay mit ansehen, er fürchte sich vor der Schande, in dieser Welt glücklich zu sein. „Es muß was geschehen!" rief er so laut, daß der Kellner und die umsitzenden Fluggäste erschrocken zu uns herüberstarrten. Man dürfe nicht nur reden, man müsse endlich handeln. Kindern helfen, Deutschland schaden – so laute seine Parole. Darum unternehme er alles in seiner Macht Stehende, armen Kindern zu einem deutschen Paß und den sich daraus ergebenden Sozialleistungen zu verhelfen.

„Wie wollen Sie das denn hinkriegen?" sagte ich, und es wird wohl mein ungläubiges Lächeln gewesen sein, das ihn anstachelte, Strategie und Taktik seines Kampfes vor mir auszubreiten. Demonstrativ hob er die geballte Faust. Er als Deutscher habe in Paraguay und anderen Ländern die Vaterschaft von mehr als zweihundertvierzig Kindern anerkannt, damit seien sie deutsche Staatsbürger geworden und könnten künftig in Hamburg oder Berlin legal und auf Kosten des deutschen Staates studieren. Dies sei sein privates Entwicklungshilfeprogramm, bei dem die Spenden garantiert nicht bei korrupten Komitees landeten, sondern direkt bei den bedürftigen Familien …

„Grinsen Sie nicht so albern", befahl er. „Ich kämpfe für eine menschliche Welt, und meine Vision hängt überhaupt nicht davon ab, daß ich Frauen schwängere. Ich bin in den wenigsten Fällen der leibliche Vater. Ich erkenne nur unbürokratisch die Vaterschaft von Kindern an, die längst auf der Welt sind, der Unterschied wird Ihnen doch wohl geläufig sein!"

„Sie sollten wissen", sagte ich, „daß ich mir die Hosen nicht mit der Kneifzange anziehe, darum ist mir allerdings auch bekannt, daß es in Deutschland Gesetze für alles und gegen alles gibt, folglich auch gegen Ihren fabelhaften Trick!"

„Sie meinen das Kindschaftsrechtsreformgesetz. Tatsächlich, mein Freund, weigert sich die deutsche Botschaft in meiner neuen Heimat Paraguay, die Vaterschaften zu beurkunden und Kinderpässe auszustellen. Und genau in diesem Punkt handelt der deutsche Staat gesetzwidrig; denn das Kindschaftsrechtsreformgesetz besagt nicht mehr und nicht weniger als das folgende: Eine Vaterschaft ist wirksam anerkannt, wenn keine Vaterschaft eines anderen Mannes besteht, wenn die Mutter zugestimmt hat und die Anerkennung öffentlich beurkundet worden ist."

Ich versuchte ernst zu bleiben.

„Übrigens bin ich nicht allein", sagte er und ballte schon wieder die Faust. „Und wir werden immer mehr. Warum wollen nicht auch Sie mitmachen?! In Rumänien stehen wir bei mehr als dreißig sozialen Vaterschaften, in Rußland sind es siebzig, in Indien fast hundert ..."

„Aber in Spanien tausendunddrei ..."

„Woher haben Sie diese Zahl?"

„Aus der Oper Don Giovanni."

Er betrachtete mich mit kalter Verachtung. „Wir werden siegen", sagte er.

Ich wünschte ihm viel Glück. Meine Frage, wovon eigentlich er seinen Lebensunterhalt bestreite, nahm er mir nicht übel. Er lebe von seiner Rente, sagte er, und diese sei so niedrig, daß der deutsche Staat ihm keinen Cent pfänden könne. „Außerdem", fügte er hinzu, „steigt der nicht pfändbare Freibetrag von 980 Euro beim ersten Kind um 370 und beim zweiten Kind noch mal um 200 Euro!"

Zum Abschied reichte ich ihm die Hand. „War nett, mit Ihnen zu plaudern", sagte ich, nahm Tasche und Mantel und ging los in Richtung Lufthansa-Schalter, blieb dann aber doch noch einmal kurz stehen, um ihm ein letztes Lebewohl zuzuwinken. Er bemerkte es nicht. Er war an den Nachbartisch getreten, und ich hörte ihn sagen: „Pardon, haben Sie mal Feuer?"

Vielfältig, Genossen, sind die Formen des politischen Kampfes.

Kolbes alte Dame

Kolbes alte Dame wird immer wunderlicher. Sagt Kolbe. Er besucht sie von Zeit zu Zeit, öfter als er eigentlich kann, er könne aber, sagt er, längst nicht so oft, wie er als Sohn eigentlich müßte, und so oft, wie sie möchte, schon gar nicht. Außerdem ist zufällig gerade Fußball-Weltmeisterschaft, und Spiele der deutschen Mannschaft will er natürlich nicht verpassen. Er hat sein Outfit auf die WM ausgerichtet und trägt schwarze Hose, rote Weste, gelbes Hemd. Auf der Fahrerseite seines Autos flattert ebenso wie auf der Beifahrerseite die Deutschlandfahne. Kolbe ist Juniorproducer bei einem beliebten deutschen TV-Sender und jederzeit zur Stelle, wenn sein Seniorproducer ihn ruft, und er will es auch gar nicht erst soweit kommen lassen, daß der Seniorproducer ihn eines Tages suchen muß und das ganze Team dann im Sprechchor brüllt: „Der Kolbe? Der besucht schon wieder seine Mammi!"

Er besucht sie, wie gesagt, öfter als er eigentlich kann, obwohl das kein reines Vergnügen ist für einen, der den Kopf voll hat mit Talk-Events, Volksmusik-Highlights und Fußball-WM, aber was sein muß, muß sein, da gibt's nichts, und jeder gute Junge, der seine alte Mutti noch hat, weiß, was gemeint ist und wie es gemeint ist und daß es nur gut gemeint ist.

Ihn stört eigentlich bloß der Umstand, daß sie in einer Bedarfsgemeinschaft mit dem kleinen Willy lebt, einem herzallerliebsten West Highland Terrier, den Kolbe so oft wie möglich Gassi führen soll. So was ist zu Zeiten einer Fußball-Weltmeisterschaft im eigenen Land ganz besonders lästig. Im Supermarkt bieten sie Bio-Eier in den deutschen Farben an. Im Eis-Café „Konrad Adenauer" gibt's den patriotischen Eisbecher Schoko-Erdbeer-Vanille. Auf Beschluß des Bundestags, der gelegentlich auch Naturgesetze beschließt, ist der Regenbogen um die Spektralfarben Violett, Indigo, Blau, Grün und Orange entschlackt worden. Und sogar die deutschen Penner mit ihren schwarzen Füßen und der roten Nase auf gelbsuchtgelbem Grund stehen nicht abseits. Nur er, Kolbe, soll Gassi gehen mit einem einfarbigen, schneeweißen Westy.

Auf dem Etikett von Whiskyflaschen der Marke Black & White nimmt sich dieser Hund außerordentlich dekorativ aus, verliert aber viel von seinem Zauber, wenn sich die Gespräche im Kreis der Familie nur noch um ihn drehen. Sagt Kolbe. Willy ist hochintelligent, versteht alles und hat für alles Verständnis. Er könne sogar lesen, sagt Kolbes alte Dame, und Kolbe steht kurz davor, ihr zu glauben; denn Willy weigert sich tatsächlich, ohne menschliche Begleitung den Friedhof zu betreten. Warum? Wegen eines Hinweisschilds an der Eingangspforte, das allen vierbeinigen Freunden in deutlichen Worten Grenzen setzt: „Herrenlosen Hunden ist der Zutritt strengstens untersagt!"

Kolbes alte Dame wird nicht müde, von Willys lustigen Streichen zu erzählen und weiß auch allerhand über den Hund im allgemeinen. Sie hat mehr einschlägige Bücher verschlungen als alle Hunde der Welt, Titel wie „Moral und Unmoral im Tierreich" oder „Ein Hund, wie stolz das klingt!" Ein Leben ohne Hund sei ein Irrtum, schwärmt sie, denn der Hund verkörpere Liebe auf vier Pfoten. Stundenlang, sagt Kolbe, müsse er sich Schtorries anhören, in denen prominente Hunde als Lebensretter auftreten und liebenswerte, stinknormale Menschen durch ihre Seelengröße beschämen, sogar Träger des Bundesverdienstkreuzes. Man braucht starke Nerven. Sagt Kolbe.

Seine alte Dame hält die Heimatzeitung, die ständig Meldungen aus der Tierwelt bringt: Nachtigallen singen Händymelodien! 99 Prozent aller aus Südamerika eingeführten Papageien sprechen kein Deutsch! Rhesusaffen, die isoliert im Käfig gehalten werden, trinken in der Einsamkeit mehr Alkohol als in angenehmer Gesellschaft, und rangniedere männliche Tiere neigen dazu, sich vor Kummer sinnlos vollaufen zu lassen. So was erzählt sie Kolbe brühwarm bei seinen Besuchen. „Und die Fischstäbchen sind vom Aussterben bedroht", murmelt Kolbe dann schon mal und ist froh, daß sie die Ironie nicht mitkriegt.

Besonders ausschweifend referiert sie jede Geschichte, in der die Liebe eine zentrale Rolle spielt, etwa: Alsterschwan in Tretboot verliebt! Lang und breit berichtet sie vom Hamburger Schwan Fridolin, der ein Plastik-Tretboot in Schwanenform mit allen Fasern seines Herzens begehrt. Obwohl seine Liebe unerwidert bleibt, weicht er dem erwählten Tretboot nicht von der Seite. „Stell dir vor, er hat ihm sogar ein Nest gebaut", schluchzt, von Rührung übermannt, Kolbes alte Dame.

Im Rausch des Mitgefühls geht sie nahtlos über zu

sozialen Fragen. „Es wird immer schlimmer“, klagt sie, „immer mehr Tiere leiden unter der miserablen wirtschaftlichen Lage, immer mehr können sich keinen Tierarzt mehr leisten!“ Und es sei doch ein Skandal, wenn sie lesen müsse, daß ein sogenanntes Frauchen ihren Westy aus niederen Beweggründen einem Schönheitschirurgen zugetrieben habe! Diese Dame hatte sich ein Kostüm in schwarz-weißer Optik zugelegt, fand jedoch, daß der uniweiße Westy zum neuen Zweifarb-Kostüm einfach nicht passe. Darum mußte der Doktor ihn für viel Geld in einen handlichen Pandabären verwandeln: schwarze Vorderbeine auf weißem Grund, die Augen schwarz umschattet. Und das alles nur, damit sich neidische Passantinnen nach ihr umdrehen und sie bewundern sollten: „Schau nur da drüben, Schatz, die reizende Dame mit dem süßen Mini-Panda!“

Diese Eitelkeit, gepaart mit Tierquälerei, sei das Allerallerschlimmste! Sagt Kolbes alte Dame. „Seit ich die Menschen kenne, liebe ich die Tiere ...“ Mahnend erhebt sie den Zeigefinger. Keine Maus käme auf die krankhafte Idee, eine Mausefalle zu konstruieren, der Mensch dagegen hätte bedenkenlos die Atombombe erfunden. Ihr zerreiße es das Herz, wenn sie an die notleidenden Hunde in aller Welt denke. „Wie gut, daß mein Willy es besser hat!“

Sie strickt ihm Pullover, reine Schurwolle, um Himmels willen nichts Synthetisches. Sie beschert ihn zu Weihnachten mit Quietsche-Entchen und Liebesknochen. Sie kocht für ihn nach dem Hundekochbuch „Lecker, lecker, Leckerli“. Langeweile kann gar nicht erst aufkommen; denn Willy verfügt über eine große Auswahl bißfesten Apportier-, Wurf- und Snackspielzeugs aus dem Belohnungsbeutel. Leider läßt seine Gesundheit in letzter Zeit zu wünschen übrig. Er ist wegen Herz-Kreislauf in Behandlung. An seinem Luxushalsband baumelt ein rotes, herzförmiges Ledertäschchen. Dieses enthält für den Fall des Falles ein mehrfach gefaltetes Stück Pergament mit Namen, Geburtsort und -datum, mit Adresse, Telefonnummer und dem Vermerk: „Achtung! Dieser Rüde befindet sich in therapeutischer Behandlung."

Willy ist, Gott sei's geklagt, seelisch nicht mehr so recht belastbar. Um ihn vor dem Herzkasper zu bewahren, steckt Kolbes alte Dame ihn am Silvesterabend, bevor die Knallerei in pyrotechnische Orgien umschlägt, ins Badezimmer, stellt das Kofferradio an und läßt es nonstop dudeln bis zum Neujahrsmorgen. Inzwischen kennt der Hund jede Menge alberner Schlager, nichts aber geht ihm über „Yesterday" und die Beatles. „Er ist ja auch nicht mehr der Jüngste", sagt sie. Nach der Faustregel, wonach ein Hundejahr sieben Menschenjahren entspreche, stellt sich heraus, daß sie beide im gleichen Alter sind.

„Bitte, gib ihm halbe Portionen", sagt Kolbe, „er ist verfettet und geht rasant aus dem Leim."

Spitz sagt Kolbes alte Dame: „Ich kenne Leute, die sind auch bloß noch halb so schön wie früher ..."

Das tut weh. Kolbe ist weltweit der Einzige, der seine Glatze noch immer für Geheimratsecken hält.

„Du mußt mit ihm länger an die Luft gehen", sagt sie.

„Gassi!" sagt er und verdreht die Augen. Von allen Wörtern, die Kolbe haßt, ist Gassi ihm das verhaßteste.

„Jawohl, Gassi! Der Hund soll sich mehr an dich anschließen."

„Warum denn das?"

„Wenn ich mal nicht mehr bin, hat er doch nur noch dich, mein Junge."

Willy lauscht mit gespitzten Ohren. Er versteht jedes Wort und setzt sich an der Tür in Startpositur. Nur noch zwanzig Minuten bis zum Anpfiff im Weltmeisterschaftsspiel Deutschland gegen Argentinien. Wenn Gassi, dann sofort, sagt sich Kolbe, dreht mit Willy eine schnelle Runde im Park und macht den verhängnisvollen Fehler, ihn kurz von der Leine zu lassen. Kolbe ruft. Kolbe pfeift. Vergebens. Willy bleibt im Gebüsch verschwunden. Wohl oder übel kehrt er ohne Willy zurück; denn den Anpfiff will er auf keinen Fall versäumen.

Kolbes alte Dame ist in heller Aufregung und macht ihm schwere Vorwürfe.

„Der Hund wird schon kommen", sagt er, „der kennt doch den Weg."

Alle naselang sieht Kolbes alte Dame nach, ob Willy vielleicht schon vor der Tür steht.

Das Fußballspiel ist längst vorüber. Deutschland hat gewonnen und allmählich kehrt wieder Ruhe ein. Da hört man es bellen draußen vor der Tür. Kolbes alte Dame stürzt ins Freie, doch ihre Wiedersehensfreude läßt auf sich warten. Stattdessen steigt gellend ein Schrei der Verzweiflung zum Himmel auf. Zur Feier des Tages haben Extremisten von rechts oder links Willy bunt gestrichen und lackiert, und zwar in den Farben Schwarz, Gelb, Rot. In der falschen, der belgischen Reihenfolge. „Schändlich!" sagt Kolbe.

Der Terrorismus hat viele Gesichter.

Adolf und Eva

Ein deutsches Liebespaar, für die Jugend bearbeitet

Den rechten Arm zum Hitler-Gruß erhoben, wirbt auf Reklameplakaten im fernen Taiwan der Führer für den Kauf von Heizkörpern aus Deutschland. Eine politische Aussage sei damit nicht verbunden, so ein Sprecher der deutschen Vertriebsfirma: „Wir nutzen Adolf Hitler für unsere Werbung nur, weil man sofort an Deutschland denkt, wenn man ihn sieht." Zweifellos hat Hitler viel Gutes getan für Deutschland und die Welt. Das ist die

Wahrheit. Aber ist es auch die *ganze* Wahrheit? Nein. In Kreisen national gesinnter Deutscher ist immer noch viel zu wenig bekannt, daß Adolf Hitler auch eine dunkle Seite hatte.

*

Neben Romeo und Julia sowie Adam und Eva sind Adolf Hitler und Eva Braun das dritte große Liebespaar der Weltgeschichte. Doch manchmal kracht es zwischen den beiden auch ganz schön. Tränenüberströmt sucht Eva Braun 1943 Schutz bei Hitlers Liebling Albert Speer. Der Führer, schluchzt sie, habe befohlen, sie solle sich einen anderen suchen, er könne sie, als Mann, nicht mehr befriedigen. Albert Speer ist glücklich verheiratet und hat keine Zeit für sie, doch auch er fragt sich im stillen: Will Hitler nicht, oder kann er nicht? Eva sucht Rat bei Doktor Morell, dem Leibarzt des Führers, dem es leider nicht gelingt, Hitler zu neuem loderndem Begehren zu erwecken.

Ist die Liebe des Führers erkaltet? Eine Liebe, die so glutheiß begann? 1929 lernt der dreiundzwanzig Jahre ältere Adolf, damals schon ein bekannter Politiker, im Atelier seines Leibfotografen Heinrich Hoffmann die siebzehnjährige Fotolaborantin Eva kennen. In der Dunkelkammer blickt er ihr tief in die Augen, und zwischen den beiden funkt es. Eva ist so zart. So mädchenhaft. So blond. Und Adolf Hitler hat eine starke Schwäche für blonde, blauäugige Arierinnen und Arier, mit den eher dunkelhaarigen Juden dagegen kann er sich lebenslang nicht so recht anfreunden.

Zunächst widmet der Führer Eva seine ganze Aufmerksamkeit; denn Hermann Göring, Joseph Goebbels und Heinrich Himmler haben auch je ein Auge auf sie geworfen. Die verliebte Eva jedoch hält in unwandelbarer Treue zu ihrem Adi, auch als sich herausstellt, daß er ein führendes Mitglied der Nazipartei ist. Sie leidet allerdings sehr darunter, daß er es jahrelang ablehnt, sich mit ihr in der Öffentlichkeit zu zeigen. Als inoffizielle Geliebte träumt sie all die Jahre davon, zur offiziellen Ersten Frau im Staate aufzusteigen. Diesen Herzenswunsch einer liebenden Frau nennt Hitler kalt und herzlos eine Schnapsidee, an eine Ehe sei gar nicht zu denken, auch sei dies rechtlich völlig ausgeschlossen; denn er sei ja schon verheiratet!

„Mit wem?"

„Mit Deutschland!"

Für Eva eine bittere Bemerkung, für uns Heutige ein schöner, wenngleich seltener Beweis für den Humor des Führers. Immer öfter aber verfällt Hitler der Melancholie. Goebbels, klagt er verbittert, amüsiere sich mit Zarah Leander, von ihm, dem Führer dagegen erwarte das deutsche Volk, daß er sich um die Politik kümmere. Die Politik, schärft er Eva ein, sei ein schmutziges Geschäft, das ihn täglich vierundzwanzig Stunden voll in Anspruch nehme und ihm sein Privatleben raube.

Wie gern möchten wir ihm glauben!

Wenn es aber ist, wie er sagt, warum hat er dann so unendlich viel Zeit für Blondie, seinen Deutschen Schäferhund, den er ständig krault und streichelt, herzt und küßt? Blondie ist ein kluger, liebenswerter Hund, das stimmt schon. Er kann Kunststücke vorführen, wie zum Beispiel Balancieren auf dem Schwebebalken, Ersteigen einer Leiter oder Überspringen einer zwei Meter hohen Eskaladierwand. Aber, denkt Eva, Blondie ist doch schließlich nichts weiter als ein Hund, wenn auch ein reinrassiger …

Selbst als überraschend der Krieg ausbricht, muß Eva trotz ihrer Schönheit immer bescheiden im Hintergrund bleiben, nie darf sie im Theater an des Führers Seite sitzen. Wenn sie ausnahmsweise einmal dieselbe Vorstellung besuchen darf, muß sie als unbeachtetes, unbekanntes Fräulein unter Krethi und Plethi im Parkett hocken. Von dort schaut sie aus der Anonymität sehnsuchtsvoll zu ihm empor in die Führerloge.

Auf dem Obersalzberg entblödet Hitler sich nicht, sie als seine Angestellte auszugeben, als Putze, obgleich doch alle Welt um ihrer beider Liebe weiß. Im Führerhauptquartier nennt er sie im Beisein Mussolinis sogar: „Mein kleines Dummchen!" Benito Mussolini schweigt betreten, darum schiebt der Führer rücksichtslos einen seiner Macho-Sprüche nach: „Ein hochintelligenter Mann, lieber Duce, sollte immer eine einfache, dumme Frau wählen!" Sehr, sehr schwer fällt es Eva, ihm diese gedankenlose Bemerkung zu verzeihen, doch die Liebe siegt auch in diesem Fall über Hitlers Ruppigkeit.

Nach dem Attentat in der Wolfsschanze sendet Adolf seiner Eva als Zeichen der Vorsehung seine völlig zerfetzte Uniform. Ganz so, als wäre sie nur ein Heimchen am Herd, befiehlt er ihr in einem beigefügten Brief, die Uniformjacke umgehend zu stopfen, weil er sie für den Endsieg benötige. Auch diese Demütigung läßt Eva klaglos über sich ergehen. Sie flickt ihm die Jacke und häkelt außerdem noch schnell ein Deckchen für seinen Schreibtisch im Führerbunker. Zum Dank dafür setzt Hitler sie in seinem Testament an die lukrative erste Stelle. Sie soll im Fall seines Hinscheidens bis zum Lebensende einen monatlichen Betrag von 1000 (in Buchstaben: eintausend) Reichsmark erhalten.

Leider kommt Eva nur allzu kurze Zeit in den Genuß dieser Erbschaft. Um in den letzten Stunden des Dritten Reiches dem Geliebten nah zu sein, weicht sie im Führerbunker nicht von seiner Seite. Aufs schönste erfüllt sich hier der Traum ihres Lebens. In der Nacht vom 28. auf den 29. April 1945 werden Eva Braun und Adolf Hitler von einem Gauamtsleiter, der als Standesbeamter fungiert, getraut – ein historischer Triumph der Liebe! Trauzeugen sind Joseph Goebbels und Martin Bormann. Im Anschluß daran begehen Adolf und Eva

Hitler gemeinschaftlich Selbstmord. Einer letzten Verfügung Hitlers gemäß verbrennt das Führerbegleitkommando ihre Leichen im Garten der Reichskanzlei. Die sterblichen Überreste werden mit den ergreifenden Worten „Für immer vereint“ in einem Granattrichter beigesetzt ...

*

Die Geschichte von Adolf und Eva, liebe Volksgenossen, die größte Liebesromanze aller Zeiten, ist von ZDF-Geschichtsprofessor Guido Knopp rätselhafterweise noch nicht öfter als ein dutzend Mal quotenträchtig fürs Fernsehen knoppisiert worden. Viel ist das nicht. Umso befremdlicher Knoppis Behauptung, Hitler sei „durch“; er, Prof. Knopp, wüßte wirklich nicht, was es zum Thema Hitler noch geben sollte. Reiß dich zusammen, Mann! Gib Eva eine zweite Chance. Und Adolf auch. Dem vor allem.

Andere Zeiten, andere Sitten

Tommy hat zu seinem achtzehnten Geburtstag einen hübschen Batzen Geld eingesackt und möchte damit lieber heute als morgen zu einer Auslandsreise starten, schwankt aber noch, ob nach Dänemark oder Holland.

„Polen!“ schlägt Opa vor. „Du mußt unbedingt nach Polen.“

„Warum denn ausgerechnet nach Polen, Opa?“

„Weil da alles so locker ist, Junge. Im ersten, besten Polenstädtchen gehst du einfach auf den Marktplatz, faßt einem Polenmädchen unter den Rock, und ... was passiert?“

„Was?“

„Nix! Nix passiert. Du gehst in eine Kneipe, bestellst einen halben Liter, schüttest dem Mann hinterm Tresen das Bier über'n Schädel, und ... was passiert?“

„Was?“

„Nix! Gar nix.“

Tommy reist nach Polen, geht auf den Marktplatz, greift dem erstbesten Mädchen unter den Rock und kriegt mit voller Kraft eins in die Fresse. In der Kneipe bestellt er, wie von Opa empfohlen, einen halben Liter. Noch bevor er überhaupt daran denken kann, dem Mann hinterm Tresen das Bier über den Schädel zu kippen, ist er schon achtkantig rausgeflogen.

Verstört und früher als ursprünglich beabsichtigt, kehrt Tommy nach Deutschland zurück.

Seltsam, seltsam …

Opa wiegt sein weises Haupt. „Sag mal, mein Junge, mit welcher Gesellschaft bist du denn eigentlich gereist?“

„Mit Tui, Opa, Holiday war total überbucht.“

„Drum!“ sagt Opa. „Ich war damals mit der SS da.“

Nichtraucher raus!

Friedlich klönen wir übers Wetter, und das Wetter gefällt ihm in letzter Zeit überhaupt nicht.

„Dat is doch kein Wetter, is dat doch nich“, sagt er empört, „dat is doch bloß Klima.“

Er trägt seine Erkenntnis so leidenschaftlich vor, daß ich den Kommentar herunterschlucke, der mir auf der Zunge liegt.

„Nehm bloß mal die Tiefdruckgebiete! Die kommen doch alle bloß noch von die Schettland-Inseln her, von die Azoren und Hebriden. Haben wir denn in Deutschland nich genuch deutsches Wetter?! – Na, siehst du! Dat is Globalisierung“, sagt er, „Überfremdung is dat!“

Es fällt mir schwer, solche Ansichten unwidersprochen hinzunehmen. „Tja“, sage ich, „das sind so diese Dinge …“

„Dat is genau wie mit die Tankwarte!“

Ich flüchte mich in eine Nachfrage: „Was ist mit den Tankwarten?“

„Ehrlich gesagt, ich hab nix gegen Tankwarte. Gar nix. Überhaupt nix. Tankwarte, dat sind auch Menschen ... Wie ich und du und wir zwei beide, alles klar. Man bloß ... die riechen bißchen streng, die Tankwarte, nach Benzin und Diesel ..., besonders gediegen duftet dat grade nich, nach Parfüm jedenfalls nich, nich nach Schanell un nich nach Siemunfierzichelf, aber dafür sind dat nu mal Tankwarte, Kinners, alles klar. Welche riechen auch gar nich so doll, gar nich wie Tankwarte, und welche, die riechen wieder bißchen döller, je nachdem, dat is woll Veranlagung. Ja, du, Tankwarte, die sind so'n ganz besonderer Menschenschlach, 'ne ganz andre Mentaliteet. Welche, die pissen ja teilweise sogar in'n Tankstutzen rein ... Ich persönlich hab dat ei'ntlich selber noch gar nich geseh'n, aber der Anlageberater von mein' Schwager sein' Kumpel, der sagt dat auch: Tankwarte, die pissen dir teilweise direkt in'n Tank rein, dat is bei die Tankwarte 'ne alte Tradition. Un welche, die kacken dir einfach auf die Fahrbahn rauf, einfach so, ruck-zuck, zack-zack, Hosen runter, abgeprotzt! Einfach mitten auf die Fahrbahn, nee, du, dat kann doch nich allens bloß von die Hunde kommen ... Wenn die Tankwarte ihr'n langen Schlauch in dat geile Tankloch reinstecken, nee, du, da wird mir immer ganz anners bei. Direkt jugendfrei is dat ja man grade nich, aber der Tankwart, der denkt sich da weiter gar nix bei ... Wenn dat man nich allens Terroristen sind!!! Den lieben, langen Tach die Tankpistole inne Hand ... Wenn die dir man nich auch noch ne richtige Kanone haben, Kaliber null-acht, natürlich ohne Waffenschein ...“

„Na, ich weiß ja nicht ...“, sage ich. Ein bißchen Widerspruch muß sein.

„Mann, dat is nich die Heilsarmee“, sagt er, „dat is nich Emnestie internäschenell! Dat sind Tankwarte, sind dat! Wat denkst du denn?! Leben tun die doch alle bloß von unser Geld! Soviel Benzin, wie der Tankwart hat, kannst du in hunnert Jahren nich verjuckeln, Mann, un doch gibt dat überall Tankstellen, un jeden Tach erhöhen die dir den Benzinpreis. Siehst du, ich hab nix gegen die Tankwarte. Ich nich. Ich bin bestimmt nich tankwartfeindlich! Dat gibt auch ganz nette Tankwarte, kann man gar nich anners sagen. Der Anlageberater von mein' Schwager sein' Kumpel sagt auch immer: ‚Mann, grade du! Du bist doch so wat von tankwartfreundlich, wenn du so weitermachst, bist du übermorgen vielleicht selber Tankwart, und deine Frau läuft bloß noch mit Kopftuch rum!' Un dadrum sag ich: Raus! Sag ich. Und dat'n bißchen dalli! Dat is gar nich persönlich gemeint ... Dat muß auch keiner auf die Goldwaage legen, wenn ich sag: Raus! Aber sofort! Tankwarte, raus! Alles klar?!"

Jetzt reicht es mir!

„Halt bitte mal kurz die Luft an!" sage ich. „Kannst du mir eine einzige Tankstelle zeigen, an der dich noch ein Tankwart bedient? Natürlich nicht. Du tankst doch selbst, Mensch, höchstpersönlich, daher der Name Selbstbedienung."

Er ist überrascht.

„In ganz Deutschland gibt es keinen einzigen Tankwart mehr!"

Nachdenklich sieht er mich an und braucht ein paar Sekunden, bis er diese deprimierende Info verarbeitet hat.

„Ach so", sagt er, „na eben ... Da is ja auch wieder wat dran. Tja, wenn dat so is ... Denn will ich dat mit die Tankwarte auch nich wieder sagen ..."

Das finde ich prima. Erleichtert klopfe ihm auf die Schulter.

„Weißt du wat!" erklärt er. „Denn sag ich als Ersatz einfach: Nichtraucher ... Nichtraucher, raus! Un dat'n bißchen dalli!"

Krieg der Kulturen

Der Präsident der Vereinigten Staaten von Amerika und der britische Premierminister geben eine Pressekonferenz im Weißen Haus.

Journalistenfrage: „Herr Präsident, worüber unterhalten Sie beide sich eigentlich den lieben, langen Tag?"

„Oh, wir haben eine Menge zu besprechen, derzeit planen wir beide den dritten Weltkrieg."

„Und was genau schwebt Ihnen da vor?"

„Wir werden zehn Millionen Muslime töten und einen Zahnarzt."

„Einen Zahnarzt?! Aber warum denn einen Zahnarzt?"

Der britische Premier klopft dem Präsidenten auf die Schulter: „Was hab ich dir gesagt, George! Nach den Muselmännern fragt dich keine Sau."

Auf hoher See

Jedesmal, wenn ich mit leerem Tank an der Tankstelle vorfahre, stellt sich heraus, daß der Kraftstoff schon wieder fünf Cent teurer geworden ist, und dann muß ich gleich an den US-amerikanischen Präsidenten denken. Er hat den Irak in drei Zonen gegliedert, erstens Super, zweitens Super plus, drittens Diesel. Der Präsident, ein Christ der Extraklasse, liest täglich in der Bibel, jede Sitzung im Weißen Haus eröffnet er mit ein, zwei Gebeten, und jedes Gespräch mit Gott ist für ihn ein Ortsgespräch. Einem diplomatischen Gesprächspartner sagte er klipp und klar: „Ich handle im Auftrag von Gott. Gott hat zu mir gesagt: George, geh nach Afghanistan und bekämpfe diese Terroristen! Das habe ich getan. Und dann sagte Gott zu mir: George, beende diese schreckliche Tyrannei im Irak!" Auch diesen

Wunsch des HERRN erfüllte der Präsident gern und prompt. Infolgedessen sind Hunderttausende Krieger als Mordbrenner und Folterknechte in den Irak eingereist und wissen seither nicht, wie sie einigermaßen heil wieder herauskommen sollen.

Weltherrschaft ist immer ein Risiko. Und zwar für alle Beteiligten.

Im folgenden das Protokoll eines spanisch-amerikanischen Funkverkehrs auf der Frequenz des atlantischen Seenotrufs CANAL 106. Nach langem NATO-Schweigen gaben Militärbehörden den Wortlaut zur Veröffentlichung frei.

Die spanische Seite funkt: „Achtung, Achtung! Zu Ihnen spricht A-853. Ich wiederhole: A-853! Bitte ändern Sie Ihren Kurs um 15 Grad Süd, um eine Kollision zu vermeiden. Sie fahren direkt auf uns zu, Entfernung 25 Seemeilen."

Die Amerikaner: „Das Gegenteil ist richtig, Sie fahren direkt auf uns zu. Darum raten wir Ihnen, Ihren Kurs um 15 Grad Nord zu ändern, um eine Kollision zu vermeiden."

Die Spanier: „Wir wiederholen: Ändern Sie sofort Ihren Kurs um 15 Grad Süd, um eine Kollision zu vermeiden!"

Eine andere amerikanische Stimme: „Zu Ihnen spricht der Kapitän eines Kampfschiffs der Vereinigten Staaten. Wir bleiben dabei: Nicht wir, sondern Sie ändern schleunigst Ihren Kurs um 15 Grad Nord, um eine Kollision zu vermeiden!"

Die Spanier: „Eine Kursänderung unsererseits ist weder möglich noch erforderlich. Darum empfehlen wir

Ihnen erneut, Ihren Kurs um 15 Grad Süd zu ändern, um eine Kollision zu vermeiden."

Die amerikanische Seite: „Nun hör mal gut zu, mein kleiner Torero! Hier spricht Kapitän Richard James Howard, Kommandant des Flugzeugträgers LINCOLN. Wir sind das zweitgrößte Kriegsschiff der US-amerikanischen Flotte. Uns geleiten zwei Panzerkreuzer, sechs Zerstörer, vier U-Boote und weitere Kriegsschiffe, die uns, wenn nötig, jederzeit unterstützen. Wir fahren Richtung Persischer Golf zu einem Seemanöver. Ich rate Ihnen nicht, ich befehle Ihnen: Ändern Sie Ihren Kurs unverzüglich um 15 Grad Nord! Für den Fall einer Weigerung sehen wir uns gezwungen, alle Schritte einzuleiten, die notwendig sind, die Sicherheit des gesamten Flottenverbands zu garantieren. Sie sind Mitglied eines NATO-Staates, gehorchen Sie unverzüglich und geben Sie den Weg frei!"

Die Spanier: „Hier spricht Juan Manuel Alcántara. Wir sind zwei Personen. Uns geleiten unser Hund, zwei halbleere Bierbüchsen und ein Mann von den Canarischen Inseln, der zur Zeit schläft. Wir haben die Unterstützung des Seenotrufs CANAL 106. Im Unterschied zu Ihnen fahren wir nirgendwo hin.

Wir sprechen zu Ihnen vom Festland aus.

Wir befinden uns im Leuchtturm A-853 an der galizischen Küste. Von uns aus können Sie gern alle nur denkbaren Schritte einleiten, um die Sicherheit Ihres Scheiß-Flugzeugträgers zu garantieren, der sowieso in zehn Minuten an den Küstenfelsen des Königreichs Spanien zerschellen wird. Wir meinen es gut mit Ihnen und wiederholen: Es wäre das Beste und Gesündeste für Sie, Ihren Kurs um 15 Grad Süd zu ändern, um eine Kollision zu vermeiden ..."

Ende der Durchsage. Totenstille im Äther.

ISBN-10: 3-359-01655-6
ISBN-13: 978-3-359-01655-7

Neue Grünstraße 18, 10179 Berlin
Umschlagentwurf: ansichtssache – Büro für Gestaltung, Berlin
Druck und Bindung: Salzland Druck, Staßfurt

Die Bücher des Eulenspiegel Verlags erscheinen in der Eulenspiegel Verlagsgruppe.

www.eulenspiegel-verlag.de